니들이 엿맛을 알어?

김태성의 「박 군의 추억」

박현택의 음식구라방
니들이 엿 맛을 알어?

2017년 4월 21일 초판 인쇄
2017년 4월 28일 초판 발행

지은이   박현택
펴낸이   김옥철
편집장   여임동
객원편집 정향진
디자인   나비
마케팅   김헌준, 이지은, 강소현, 유지경
인쇄   (주)알래스카인디고
펴낸곳   (주)안그라픽스
등록번호 제2-236(1975. 7. 7)

편집/디자인
a.   03003 서울시 종로구 평창44길 2
t.   02.763. 2303
f.   02. 745. 8065
m.   agedit@ag.co.kr

마케팅
a.   10881 경기도 파주시 회동길 125-15
t.   031.955.7755
f.   031.955.7744
m.   agbook@ag.co.kr

컬처그라퍼는 우리 시대의 문화를 기록하고 새롭게 짓는 (주)안그라픽스의 출판 브랜드입니다.

ISBN 978-89-7059-892-5 (03810)

니들이 엿 맛을 알어?

박현택의 — 음식구라방

飲食口羅方

컬처그라퍼

00 에피타이저
appetizer

식시일관

우리의 고전 음식조리서로는
수운잡방需雲雜方*과 음식디미방飮食知味方** 등이 있다.

이 책은
위의 조리서와 아무 상관없는 **음식구라방**飮食口羅方이다.

교양인이라면 밥을 먹을 때 살펴야 할 것으로 '**식시오관**食時伍觀***'이 있다.

첫째.　　뭇 생명들과 상 차린 이의 희생을 기억하라
둘째.　　어른부터 섬기되, 밥투정하지 마라
셋째.　　편식도 아니 되고 과식도 아니 된다
넷째.　　밥이 보약이려니 생각하라
다섯째.　항상 밥값을 해라

더불어 나의 '**식시일관**食時一觀'은 뭐니 뭐니 해도 '설렘'이다.
하루에도 몇 번씩 설렐 수 있다니 어찌 아니 즐거운가?

음식과 관련된 수많은 이야기와 SNS를 통한 포스팅, 방송프로그램이 폭주하는 시절이다.

미식은 음식을 만드는 방법도, 외양을 꾸미는 기술도 아니다. 오로지 맛이다.

맛은 먹는 이의 식성이나 취향, 정서와 경험에 좌우된다.

미식에 대한 각종 미사여구와 그럴듯한 수식이 난무하고 있지만,

맛이란 내겐 그리움이다.

이 책은 음식이나 맛을 단서로 했을 뿐,

말 그대로 구라 모음이며 그 너머에 있는 그리움의 잔상이다.

•

1540년경 김유(金綏, 1491~1555)가 쓴 요리책으로 수운需雲은 격조를 지닌 음식문화를 뜻하고 잡방雜方은 여러 가지 방법을 뜻한다. 술 빚기 등 경북 안동 지방의 121가지 음식의 조리법을 담고 있다.

••

1670년경 정부인 장계향(張桂香, 1598~1680)이 쓴 최초의 한글 요리책이자 동아시아에서 최초로 여성이 쓴 요리책이다. 표지에는 '규곤시의방閨壼是議方'이라 써져 있지만, 내용 첫머리에 한글로 '음식디미방'이라 써져 있다. 음식디미방에서 '디'는 알 지知의 옛말로, '음식의 맛을 아는 방법'이라는 뜻이다. 예로부터 전해오거나 장씨 부인이 개발한 음식 등, 양반가에서 먹는 각종 특별한 음식들의 조리법이 소개되어 있다.

•••

북송 대 시인 황정견黃庭堅이 말한 '사대부식시오관士大夫食時伍觀'으로 허균이 『도문대작』에서, 빙허각 이씨가 『규합총서』등에서 인용했다. 괄호 안은 황정견의 원문이다.

一計功多少, 量彼來處 二忖己德行, 全缺應供 三防心離過, 貪等為宗(食噴癡為宗) 四正是良藥(正事良藥), 為療形苦 伍為成道業, 故受此食

혀끝에 남은
달콤 씁쓸함

지금은
먹방 전성시대

고수

소환불가,
맛일까?
그리움일까?

생일이 되면 엄마가 물어봤다.
"뭐 해 줄까?"
그러면 "음… 고등어!"라고 대답했다.
요즘은 먹을 게 궁하지 않아
생일이라 해서 특별할 것도 없지만
그 옛날 내겐 고등어가 최고였다.
푸른빛의 생 고등어 토막에
커다란 무 덩이와 약간의 김치,
고춧가루, 마늘 등으로 양념하여
푸욱 조린 고등어조림.

엄마도 아니 계시고
고등어 따위야 이젠 별식도 아니지만
그게 먹고 싶을 땐 ○○식당에 간다.
생일, 고등어, 엄마, 생일, 고등어, 엄마….
이들의 연쇄는 내게 조건반사다.

니들이
엿 맛을 알어?

동네를 가로지르는 내(川) 옆으로 커다란 버드나무가 한 그루 서 있다. 수십 년 되었을 듯 나무 밑동의 폭이 족히 1m는 되는 거 같다. 우리는 그 나무 둥치에 자주 올라갔다. 간혹 매미를 잡기는 했지만, 나무에 올라갈 특별한 이유라고는 없었다. 어린 아이들 특유의 권태가 몰려오면 그냥 나무줄기를 마구 흔들거나 둥치를 붙잡고 기어오르는 거다. 난 본래 겁이 많고 운동신경이 둔해 남들이 다 올라가는, 끽 해봐야 2m도 채 안 되는 그 나무둥치의 가지가 갈라지는 부분까지 올라가지 못해 거기 올라가 앉아 있는 동무들을 부러워했다. 사실 별로 부러운 건 아니었고 스스로가 좀 부끄러웠다는 편이 맞겠다.

햇살이 나른해지는 오후, 가끔씩 그 동네에 들리는 엿장수가 리어카를 끌고 동네 어귀로 들어오면 어찌나 반갑던지…. 절그럭거리는 가위소리가 들리면 우리는 모두 그 리어카로 몰려갔다. 그리고 리어카에 바글바글 들러붙었다. 그 엿장수의 호위무사들처럼….

　　오르막이 나오면 리어카를 힘껏 밀고, 내리막이 나오면 리어카가 아래쪽으로 끌려 내려가지 않도록 손잡이를 같이 붙들고 양다리에 안간힘을 썼다. 사실 그 엿장수 혼자 다 할 수 있는데, 기어코 도와주려 했다는 말이다. 그러나 시간이 지나면 그 짓도 시들시들해져 아이들이 하나둘씩 빠져나간다.

엿장수가 동네를 다 훑고 떠날 때까지 리어카의 손잡이를 굳세게 붙들고

따라다닌 것은 오로지 나 혼자뿐이었다. 동네를 떠날 무렵, 그 엿장수는 끝까지 의리를 지킨 나에게 보답을 해주었다. 엿판 위에 끌을 대고 엿가위로 툭툭 쳐서 잘라낸 아주 조그마한 엿을 하나 주는 것이다. 올 것이 왔다! 너거들이 엿 맛을 아나? 진정한 엿 맛!

　　이후 그 엿장수가 오면 나의 충성심은 더욱 빛났지만, 그놈의 엿을 매번 주는 건 아니었다. 그렇지만 이후에도 나의 의리와 충성을 멈출 수는 없었다.

어느 날, 엿장수 가위소리가 들려 마루 밑에 있던 고무신 한 짝을 꺼내 들고 냅다 뛰어나갔다. 엿과 바꾸려는 순간, 고모가 뒤쫓아 오더니, "현택아? 그건 할배 어디 가실 때 신는 고무신이다. 따로 놔둔 건데, 그건 안 된다~."

아! 그날은 엿을 못 먹었다. 엿 같은 날이었다.

또 어느 날, 엿장수 가위소리가 들려 그동안 몰래 모아두었던 빵구 난 고무신이며, 쇠붙이 몇 개를 들고 빛의 속도로 뛰어나갔다. 엿으로 바꾸어주는데, 엿의 크기가 너무도 실망스럽다. "아저씨, 엿을 왜 요거밖에 안 줘요?" 그랬더니 "야 이놈아! 그건 엿장수 마음대로다."

대학시절 고향에 갔을 때 그 엿장수에 대해 물어보니, 이젠 아저씨가 많이 늙어서 엿장수를 그만두고 읍내에서 살고 있다고 한다. 초등학교를 입학하기 위해 고향을 떠난 이후에도 그 엿장수는 그 동네에 계속 들렸다는데, '그때 리어카 옆에서 같이 밀고 다녔던 아이'의 안부를 가끔씩 물어보더라고 고모가 내게 전해주었다. 이젠 그 아저씨는 세상을 떠났을 테고, 고모도 상노인네가 되었다.

요즘은 나도 엿을 거의 먹지 않으니 내 어린 시절 충성을 다 바쳤던 그 엿 맛을 누가 알랴?

감자가
싹이 났다
잎이 났다
묵찌빠!

프라이드치킨 집에서도, 햄버거 집에서도 반드시 먹는 게 있다. 감자튀김이다. 이걸 아무렇게나 쭉 짜 놓은 케첩에 찍어 먹는데, 치킨이나 햄버거만으로는 아무래도 섭섭하니 감자튀김으로 입을 달래는 거다. 엄청나게 맛있는 것은 아니지만 대충 배를 채울 수 있고 또 신선한 트랜스지방의 농밀함을 이처럼 온전히 느낄 만한 먹거리도 흔치 않기 때문이다. 어쨌거나 감자는 메인이 되기는 힘들다. 후기 인상주의 화가인 고흐의 「감자 먹는 사람들」에서 보듯이 감자는 그저 그런 음식, 서민적 정서를 담고 있는 식재료다.

방학이 되어 시골집에 가게 되면, 삽작거리에서부터 할아버지~ 하면서 대문을 향해 달렸다. 대청마루에서 점심 소반 상을 받고 있던 할아버지가 고무신을 질질 끌면서 뛰어나오셨다. 그리고 이내 밥그릇에 담긴 삶은 감자를 젓가락으로 쿡 쑤셔 들고 "현택아. 감자 먹어라!" 물론 안 먹었다. 별 맛이 없다.

　시골에서의 생활이 며칠쯤 지나면 할머니가 감자를 삶아 주신다. 가마솥에 물을 붓고 숟가락으로 껍질을 벗긴 감자를 수북하게 담는다. 감자를 얼마나 긁어 벗겼으면 초승달 모양으로 둥글게 파진 놋숟가락이 있었다. 여기에 고급인 설탕은 약간만 넣고, 사카린을 희석한 육수를 들어붓는다. 그리고 불을 때는 것이다. 이렇게 삶은 감자는 맛있을까? 이 또한 맛있었다고 말하기는 주저된다. 서너 개 먹고 나면 더 먹고 싶지 않다. 배도 부르고.

　할머니는 솥 바닥에 엉겨 붙어 있는 감자 누룽지를 박박 긁어 밥그릇에 하나 가득 담아 주신다. 이건 맛있을까? 이건 대길이다. 누릇누릇, 거무튀튀, 달콤, 구수함이 압착되어 있다.

보통 감자의 맛을 굳이 설명하자면 그냥 덤덤하거나 밋밋하다고 해야겠다.

감자가 싹이 났다 잎이 났다 묵찌빠!

간신히
남은 가을

경주 양동마을

남부지방에는 아무 집에 가더라도 감나무 한두 그루는 있게 마련이다. 감은 생으로도 먹고(단감, 홍시 등) 말려서도 먹는다(곶감).

　봄부터 여름까지 꽃이 피고, 꽃이 떨어져 나간 자리에는 어린아이 젖니 돋듯이 조그마한 꼬마 감이 돋아난다. 부슬부슬 비가 내릴 때, 뒤꼍에 가면 비릿한 냄새를 풍기며 여기저기 감꽃이 떨어져 뒹군다. 종종 이걸 주워 먹기도 했는데 떫떠름하니 별 맛은 없다. 꽃이 지고 나면 때때로 덜 여문 감도 떨어져 굴러다닌다. 이건 주워 소금물 단지에 풍당 빠뜨린다. 그렇게 며칠을 놔두면 떫은 기운이 빠져나가 대충 먹을 만해진다. 가을이 되어 감을 따면 껍데기를 벗기고 여러 개를 엮어 줄에 주렁주렁 매달아 놓는다. 찬 서리 맞으면서 하얗게 분이 피어나면 호랑이가 제일 무서워한다는 그 곶감이 되는 것이다.

그럼 기레이빠시는 버리나? 껍데기 말이다. 당연히 안 버린다. 우량감은 곶감이 되고 불량감은 세로로 썰어서 말린다. 이것을 '감또개'라고 한다(표준말로는 감말랭이쯤 되려나?). 감을 또갠(쪼갠) 것이라서 감또개? 아무튼 껍데기와 감또개는 커다란 항아리에 담겨 건넌방의 윗목에서 겨울을 난다. 이 또한 때가 되면 하얗게 분이 나는데, 먹어도 되는 시점이다.

곶감은 보통 귀한 손님이 오시면 대접하거나 대소가의 행사 때 부조용으로 사용한다. 우리 같은 애들은 감또개나 감 껍데기를 먹는 거다. 닥치는 대로, 마구, 없어질 때까지 먹는다. 그러다 미자바리가 꽉 막혀버리는 사달이 나고야 만다. 짧게 줄여서 변비!

이후의 조치 사항은 더럽고 치사하고 아니꼬워서 차마 필설로 옮길 수가 없다. 감이라는 놈도 자신의 종족 보호를 위해 독(탄닌)을 품고 있는 거다. 어찌 그리도 골탕을 먹었던지.

지금 같이 세련된 시절에 이처럼 촌스런 이야기를 해도 되는 걸까? 세월이 흘러 내 비록 갖은 폼을 잡고 돌아다니고 있지만, 남아 있는 가을과 잊을 수 없는 처참했던 과거의 한 때다.

요즘엔 감또개나 감 껍데기는 쉽사리 눈에 띄지 않아 천만다행이다.

목이 뻥
코끝 찡

1990년대 초반이었던 듯, 어떤 학교에서 '광고론'을 강의했다.

칠성사이다가 어쩌고, 환타가 저쩌고 "내 생각으로는 말이야 먼 훗날 언젠가는 '처갓집 대추차', '고향 식혜', 뭐 이런 게 상품으로 나오지 않을까?"라고 떠들었는데, 몇 년 후에 나왔다(아이디어는 구체적인 실행 계획이 따를 때 영양가가 있다).

집안에 잔치가 있으면 일가와 친척들이 다 모였다. 외가에서는 겨울이 되면 주로 윷놀이를 했다. 한 20~30명이 편을 나눠 윷을 던지는데, 교대로 던지는 것이 아니라 한쪽 편이 다 던지고 나서 나머지 반대편이 던지는 식이다. 각 편이 쓰는 말도 40여 개가 넘었던 것 같다. 더 놀라운 것은 윷놀이 판을 그려놓고 하는 것이 아니라 머릿속에서 말을 옮기는 것이다. 가령 도, 개, 걸… 등만 있는 게 아니라, 안지, 바혀, 뒷개, 뒷모도, 날도, 날개… 뭐 이런 식으로 30여 개의 윷판 명칭을 전부 머릿속에서 짚어내는 것이다. 대 다 나 다!

이렇게 몇 판이 돌고 나면 밤이 늦어지고 출출해진다. 이때 도토리묵이나 식혜가 등장한다. 경북 내륙에서는 고춧가루와 생강, 잘게 썬 무를 같이 삭혀 거른 뒤 땅콩, 생밤, 잣 등의 견과류를 띄우는데, 이렇게 만든 식혜를 커다란 주전자 같은 데 담아 마루에 놔둔다. 겨울바람이 쌩쌩 불면 주전자 안에 살얼음이 낀다. 이가 시리면서도 얼얼한 불협화음이 이 식혜 맛의 핵심이다. 마시면 목이 뻥 뚫리고 코끝이 찡하다.

이젠 마시지 않고 생각만 해도 코끝이 찡하다.

식혜도 그립고 지금은 이 세상에 없는 많은 이들도 그립다.

떠날 때는 마~알 어~ㅂ시~ 아무 것도 남기지 말아야 한다. 음식도 그리움도.

귀신은
고추장을
싫어한다

제삿날이 되면 어른들은 초저녁쯤에 어린 나를 재웠다. 제사를 한밤중에 지내기 때문이다. 어린아이가 그때까지 잠을 안 자고 버티기는 힘들 테니 그리 한 것이다. 그런데 제사를 왜 한밤중에 지내는 걸까? 명절에 지내는 것이 차례고 한식 때 묘소에 가서 지내는 것이 묘제다. 이들은 아침이나 벌건 대낮에 지내는데 말이다. 고인이 돌아가신 날 지내는 제사를 기제사라한다. 기제사는 전날부터 준비해서 기일 날 마치는 것이다. 시간으로 치면 자시(子時, 밤 11시~새벽 1시)가 되는데, 전날부터 제사를 준비해서 밤 12시를 넘기면서 마치게 된다. 그러니 아이들은 제사를 밤에 지내는 것으로 생각한다. 사실 대개의 제례는 밤에 한다. 갈라 디너도 밤에 하고 아카데미상 수상식도 밤에 한다.

　어른들은 아이들이 제사에 참여하면서 제사 지내는 법을 조금씩 배우고 익히라는 의도가 있었을 것이다. 그러나 아이들이야 지겹고 불편한 제사 자체는 별 관심이 없었을 테고, 제사가 끝나면 여러 가지 과일과 제삿밥을 먹을 수 있다는 즐거움이 있으니 그 지루함을 참고 견뎠던 것이다. 초저녁에 미리 잠을 자 가면서까지. 제삿밥은 하얀 쌀밥 위에 제물로 썼던 각종 나물을 얹고 간장을 뿌려 비벼 먹는 것인데 평소에는 먹기 힘든 고급재료로 만든 음식이다. 게다가 음복이라 하여 과일이나 알록달록한 과자 같은 것도 같이 먹을 수 있었으니 명절 다음으로 기다려지는 것이 제삿날이었다. 그래서 어렸을 때 친구네 집에 놀러 갔는데 먹을 것이 듬뿍 나오면, "야 오늘 니네 집 제삿날이냐?"라고 물었다.

　　제사는 우리나라의 어느 지역을 막론하고 집안의 중요한 행사였다. 안동 지방에 가면 헛제삿밥이라는 것이 있다. 헛제삿밥은 말 그대로 제사 없이 먹는 제삿밥이다. 예로부터 안동은 양반 또는 선비의 고장으로 알려져 있다. 점잖은 선비가 밤늦도록 책을 읽다 보니 졸리기도 하고 아무래도 좀 출출하기도 한데 간식 타령을 하자니 체면이 안 선다. 할 수 없이 허투루 제사를 지내기로 한 것이다. 제사를 지낸 척하고 그 맛있다는 제삿밥을 차려 먹는 것이다. '염불보다 잿밥'이라는 말이 이런 식으로 나왔을 게다. 헛제삿밥은 지금의 입맛으로는 그다지 맛있지는 않다.

제삿밥은 맨밥에 여러 가지 나물을 같이 비벼 먹는 것이지만 단 여기에는 고추장을 넣어서는 안 된다는 금기사항이 있다. 귀신(고인의 영혼)이 매운 고추장을 싫어하기 때문에 그렇다는데, 그건 아닐 테고…. 다만 우리나라에 고추가 전해진 것이 임진왜란 전후인데, 임진왜란이야 1592년에 발발한 것이고 제사는 훨씬 이전부터 내려오던 풍속이니 전통적이고 보수적인 제사상에 외래종인 고추로 만든 장을 넣는 것은 다소 불경스러워 보였던 때문이라고 생각된다. 게다가 붉은색은 악귀를 물리치는 벽사의 의미로 쓰였던 색깔이기도 했다. 귀신이 싫어하는 붉은색을 쓸 수는 없는 것이다. 이 외에도 제사 음식은 강한 양념이나 향신료를 쓰지 않고 비교적 담박하게 만드는데 이 또한 제사가 유교 의례였으므로 유교가 지향하는 소박함이나 신실함이 반영된 것으로 볼 수 있다. 어쨌거나 고추장을 넣지 않더라도 흰 쌀밥과 나물을 깨소금과 간장으로 비벼 먹으면 그 맛이 썩 괜찮았다.

그러면 왜 제삿밥은 비벼 먹을까? 그냥 먹는 것보다 섞어 먹어야 더 맛있거나 영양학적으로 더 균형 잡힌 식단이라는 것을 알고 있었던 걸까? 농경사회에서의 제사란 단순히 돌아가신 고인을 기리는 날 정도로 끝나는 것이 아니다. 제사를 통해 같은 조상으로부터 유래된 후손들이 모여 자신들의 연대와 결속을 공고히 하는 한편, 제주(장손이나 장남)의 가부장적 권력 구조를 재확인하는 일종의 단합대회로서의 의미가 강하다. 명망 있는 집안일수록 제사 때 모이는 사람의 수는 많아진다. 이렇게 모여든 사람들의 끼니 문제는 요즘으로 치면 관광버스를 타고 유명식당으로 몰려든 단체 손님과도 같다. 여러 사람이 한꺼번에 식사하려면 메뉴가 통일되어야 하고 상차림 또한 단순해져야 한다. 단체 손님에게 제공할 가장 효율적인 식단으로 비빔밥만 한 메뉴가 없었을 것이다. 농번기 때 들판에서 여러 명의 일꾼이 밥을 먹을 경우에도 대체로 비벼 먹게 되는데, 이 또한 비슷한 이유에서였을 것이다. 편의를 고려한 것이었다. 별 재주부리지 않고 단순히 비빈 밥이 맛있다는 것이 놀랍다.

혼밥상

호랑이다리 소반

소반이란 '짧은 발이 달린 작은 상'을 말한다. 어쩌다 소설이라도 읽게 되면 '개다리소반(狗足盤)에 어쩌고저쩌고…'라는 내용이 나올 때가 있는데, 개다리소반이란 상다리 모양이 '개다리'처럼 생겨 먹었다 해서 그리 불리는 것이다. 그런데 실제로는 '개다리'보다 '호랑이다리'처럼 생긴 것이 더 자주 보였다. 보통은 호족반(虎足盤)을 더 많이 썼다는 말이다.

소반을 보면 어릴 때 밥 먹던 생각이 난다. 소반에는 밥과 국, 반찬 서너 가지 정도가 올라간다. 좀 제대로 차린 밥상이라면 간 고등어 한 토막, 구운 김, 짠지, 콩가루 묻혀서 찐 고추, 채 썬 호박볶음이나 감자볶음 같은 게 올라가기도 하고 혹은 북어포 부스러기(북어포를 잘게 부수어서 조미를 한 것인데, 나는 북어 솜사탕이라고 했다)가 올라가기도 한다. 이 정도라면 손님상 수준을 말한다. 보통은 짠지, 시커멓게 끓인 된장이나 고추장에 밭에서 솎은 무 싹이나 삶은 호박잎, 혹은 미나리 무침 정도가 전부다. 이것도 지금에 와서 보면 웰빙 밥상이라고 하겠다. 미나리 무침에는 간혹 거머리가 보일 때가 있는데, 이땐 젓가락으로 달랑 집어서 마당으로 휙 던져버린다. 그러면 어디선가 닭이 달려와 잽싸게 먹어 치운다. 때로는 닭들끼리 쟁탈전을 벌이기도 한다.

국은 여름에는 냉국이 자주 올라오는데, 재료는 채 친 오이가 주종이지만, 간혹 가지나 미역도 쓴다. 여기에 국화잎이 들어갈 때도 있다. 우리 동네에서는 냉국을 '챗물'이라고 했는데, 나는 국화챗물을 좋아했던 거 같다.

소반은 일인용 밥상이지만, 몸값 비싼 손자는 할아버지와 겸상을 할 수 있다. 할머니와 다른 이들은 두레반에서 다 같이 밥을 먹는다.

할아버지는 밥을 뜬 숟가락을 김이 담긴 접시에 가져다 꾹 누른다. 그러면 숟가락 끝에 김이 들러붙고 그것을 입으로 가져가, 김이 숟가락에 담긴 밥을 감싸게 해서 입안으로 들이는 것이다. 그리고 젓가락으로 고등어 귀퉁이 아주 쪼금(콩알만큼), 고추장 쪼금(팥알만큼), 호박볶음 쪼금(호박 채 두세 개) 찍어 드신다. 젓가락의 놀림만 보면 마치 닭이 모이를 쪼는 것 같다.

깨작거리는 품새가 내 눈엔 그저 쪼잔함으로 보일 뿐인데, 특정 반찬을 편식하지 않으며, 조금씩만 먹어 찬을 아끼려는 의도였다고 이해하기로 하자. 사실 반찬 그 자체도 짜기가 말할 필요도 없는 정도였고.

가령 접시에 담긴 고등어 토막도 말이 고등어지, 초등학교 6학년짜리 고등어? 좀 웃자란 꽁치 정도의 크기에 불과하다. 그나마 한 마리도 아닌 한 토막(1/4마리)이 소금에 절여져 지름 10cm 남짓의 작은 접시에 찌부러져 있는 것이다. 이것마저 반 정도만 먹는다. 다른 것들도 마찬가지다.

기실 다시 생각해 봐야 딱히 그리울 것도 없는 밥상이다. 다만 거무튀튀한 다갈색의 소반 위에 하얀 주발과 접시들, 파릇파릇한 무 싹이 어우러진 담소한 색깔들만 기억난다.

고향이 어디냐고 물어보면 서울이라고 답하는 이들이 있다. 서울이라? 서울이라는 땅을 말함이다. 땅, 토지란 우리에게 과거와 현재의 시간이 퇴적되면서 기억이 축적된 장소를 말한다. 이로써 우리는 이 세계에서 자신의 위치를 확인하고 정체성을 확립할 수 있다. 그런데 그 땅의 모습, 물리적인 공간이 변해 버리면 기억의 정처가 없어진다. 서울이 고향인 사람들, 잘 생각해보면 그 기억의 장소는 이제 거의 남아 있지 않다. 그들은 대부분 고향을 상실했다. 기억할 수 있는 공간이 다 사라졌기 때문이다.

그나마 고향을 기억나게 해주는 것이 입맛이나 음식 정도라고나 할까? 음식의 맛, 씹을 때의 사각거림과 나물들의 색감, 밥숟갈 뜰 때 불어

오는 바람 소리와 소반 위로 내려앉던 나른한 햇살이 모두 고향의 모습일 듯…. 고향에 대한 집착은 과거회상적인, 그리하여 퇴행적으로도 보이지만 결국 자신의 정체성을 말해주는 것일 진데, 고향이 사라져버렸으니 다들 정체가 모호해지고 있는 거다. 기억은 편집을 통해 되새김질 된다. 기억하고 싶은 것만 기억한다. 이것저것 다 빼고 좋은 것만 기억한다 해도 어쩔 수 없다.

소반을 보면 반가우면서도 서늘한 그리움이 밀려온다. 소반에서 간신히 고향의 풍정을 떠올려 본다.

국시

밀가루와 생콩가루를 약 4대 1비율로 섞은 뒤 두 손으로 치대면서 반죽한다(계란? 이런 고급 재료는 넣지 않았다).

커다란 나무 도마와 홍두깨를 꺼내 오고 도마 앞에는 신문지나 넓고 얇은 천을 펼쳐 놓는다. 잘 반죽이 된 덩어리를 홍두깨에 말아서 두 손으로 힘을 주어 굴린다. 반죽이 조금 펴지면 꼼꼼하게 홍두깨에 다시 만다. 이를 한참 굴리다가 펴고, 또 말아 굴리다가 펴고를 반복한다. 콩가루의 비릿한 냄새가 방안 가득히 퍼진다.

마침내 홍두깨와 같이 구르던 반죽이 신문지를 덮을 만큼 큼직한 원이 된다. 이 커다란 원을 반으로 접고, 또 반으로, 또 반으로 접어 7~8cm 정도의 폭이 될 때까지 접는다. 그리고 도마 위에서 6~7mm 정도의 가락이 되게끔 칼로 썬다.

　　이렇게 국수 가락이 만들어지면 바로 끓여 먹기도 하고 그늘에 말렸다가 나중에 끓여 먹기도 한다.

홍두깨질이 시작될 즈음 후다닥 뛰어나가 담벼락에 기대 비를 맞고 있는 애호박을 한 개 따가지고 부엌에 가져다 놓는다. 이걸 채 쳐서 양념을 한 뒤 볶아내면 고명이 되는 거다.

경상도식 칼국수, '국시'다.

국수와 국시의 차이는?(다들 아시겠지만)
국수는 밀가루로 만들고
국시는 밀가리로 만든다.
밀가루와 밀가리의 차이는?
밀가루는 봉지에 들어 있고
밀가리는 봉다리에 들어 있다.

YS가 자주 들렸던 혜화칼국수, 박모 국회의원이 자주 들렸던 삼선교 국시집이 경상도식 칼국수다.

장마철 습기 때문에 발바닥이 마룻바닥에 쩍쩍 들러붙는다.이런 찝찝하고 꿀꿀한 날에는 호박 고명으로 단장한 뜨뜻한 칼국수가 생각난다. 그래서 만들어 먹었단 얘기는 아니고 그냥 이런저런 생각만 해 봤다.

맨드라미
떡

신사임당이 그린 것으로 알려져 있는
초충도(草蟲圖) 중 맨드라미

기지떡(표준말로 증편)은 쌀가루 반죽을 부풀려 만들기 때문에 씹는 맛이 매우 부드럽고 여름철에도 잘 쉬지 않는 것이 특징이다. 반죽을 삭히는 과정에 알코올과 젖산이 생긴다는데 그런 건 잘 모르겠고, 이 떡을 만들 때 막걸리를 섞는다고만 알고 있다. 따라서 떡을 씹으면 독특하게도 쉰 듯한 맛이 나는데, 이게 이 떡의 묘미다. 나는 쉰 떡이라고도 불렀다(잘 쉬지 않는 떡이라 해놓고 '쉰 떡'이라고 부르다니?).

교본 상으로는 대추, 밤 등을 박아 넣는 것으로 되어 있지만, 내가 먹었던 떡은 검은 깨와 맨드라미 이파리, 그리고 연한 맨드라미 꽃술이 들어가 있었다. 뜰에 피어있는 맨드라미 말이다. 그리하여 나는 맨드라미 떡이라고도 불렀다.

고려시대의 문인, 이규보(李奎報)의 시다.

모든 꽃 봄여름에 피고 지건만	百花開謝只春夏
예쁘구나. 너는 여름 거쳐 늦가을까지	憐渠涉夏入秋季
맨 처음 누가 계관이라 불렀던가?	何人始作鷄冠呼
붉고 고운 높은 상투 어쩌면 그리도 닭 벼슬 같단 말이냐	高髻鮮紅無奈似
(중략)	
바람이 불면 흔들어대며 머리를 쳐들고	臨風掀擧好昂頭
또는 서로 싸우려는 듯 떨치며 발돋움 하네	又欲與敵相奮跂
너는 의당 교만한 마음 버리고	宜哉去汝驕矜心
다만 부지런히 피어 상이나 받아야 하리	但可勤開激賞耳

맨드라미는 여름을 거쳐 늦가을까지 피며,
맨드라미는 벼슬을 뽐내며,
맨드라미는 바람이 불면 머리를 쳐들지만
맨드라미는 교만함을 버리고 부지런히 피어야 할 테니,
맨드라미는 아무래도 계속 좋아하게 될 꽃이다.

설거지와
수챗구멍

누룽지를 긁어낸 빈 밥솥에 물을 붓고
그릇을 담는다.
주발, 사발, 접시, 대접, 종지 등등.
솥 안의 설거지물이 금세 뿌옇게 변한다.
이 물은 여물통에 부어 넣어 가축의 먹이가 된다.
돼지, 개, 소 등등.

다시 밥솥에 물을 붓는다.
주발, 사발, 접시, 대접 등등이 약간 깨끗해진다.
솥 안의 설거지물도 좀 더 맑아진다.
이 물은 텃밭에 뿌려 채소의 먹이가 된다.
파, 부추, 열무 등등.

세 번째 물을 솥에 붓는다.
주발, 사발, 접시 등이 아주 말끔해진다.
솥 안의 설거지물도 더욱 맑아진다.
이 물은 행주나 걸레를 빠는 데 쓴다.
그리고 거름통에 붓는다.

네 번째 물을 붓는다.

마지막으로 모든 그릇을 한 번 더 헹군다.
솥 안의 설거지물은 이제 거의 맑은 물 수준이다.
이 물은 마당이나 뒤꼍에 뿌린다.
마당을 쓸 때 흙먼지가 일지 않도록 하며,
잡초나 벌레들이 먹을 것이다.

생활의 디자인이다.

그
어느 날의
점심

구와바라 시세이(桑原史成)가 1965년에 촬영한
경남 지방(국립중앙박물관 『가까운 옛날』 전시 도록)

할아버지는 독상^(통영소반)을 받았고, 시어머니와 며느리, 손자와 손녀들은
두레반에 둘러앉아 점심을 먹는다.

조그마한 밥상, 밥그릇만 엄청 크다.

단팥빵을
좋아하는
이유

1960년대 후반, 초등학교 3학년 첫 시간, 새 담임선생님께서 자신의 이름을 칠판에 적었다.

'이을순'이라고.

"여러분! 우리 집에 오는 식모는 내 이름을 자꾸 10을순으로 쓰는데, 내 이름은 이을순이에요. 여러분들은 틀리면 안 돼요?"

학생들 큰 소리로

"네~"

집에 돌아와서 엄마한테

"엄마 우리 선생님 이름이 '이을순'이다"라고 했더니

"ㅎㅎㅎ… 선생님 이름이 '저갑돌'이가 아니고 '이을순'이냐?

"......"(난 무슨 뜻인지 잘 모르겠더라)

어릴 때 그림을 잘 그린다는 소리를 자주 들었다. 학교에 가면 이을순 선생님은 수업 시간에도 나한테 그림을 그리게 했다. 숙제를 해오든 말든, 그림만 열심히 그리면 칭찬을 해 주셨다. 그렇게 그린 그림들이 교실 뒤의 벽에 닥지닥지 붙었다. 당시, 귀하디귀한 칼라 사인펜 세트와 칼라 매직, 2층으로 된 커다란 크레파스 등을 사 주시면서 하루 종일 그림만 그리게 했다. 초가집, 닭, 스케이트 타는 모습, 자동차 등등(내 생애 가장 행복했던 시절!).

어느 날, 변또(도시락) 대신 빵을 하나 사서 학교에 갔는데, 10원짜리 서울 크림빵이었다. 점심시간까지 기다리지 못하고 2교시가 끝났을 때 꺼

냈는데, 옆의 친구들이 하이에나였다. 이리 뜯기고 저리 뜯기고 결국 반도 못 먹었다. 정작 점심시간이 되니 변또도 없고, 빵도 없고, 허기진 채 하릴 없이 그림이나 그리고 있는데… 선생님이 빵을 사다 주신 것이다. 이건 10원짜리 서울 크림빵이 아니고 15원짜리 삼립 단팥빵이었다. 세상에 이렇게 대찬 빵이 다 있다니? 한 개도 아닌 두 개였다(친구들의 부러운 눈초리가 따가웠다).

이후에도 선생님은 단팥빵을 자주 사주셨다. "넌 이다음에 커서 꼭 화가가 되어라"하시며….

그해 겨울방학이 되었을 때, 통지표에는 이렇게 적혀 있었다.

"이 학생은 반드시 미술과 관련된 분야로 진로 지도하시기 바랍니다."

나는 지금도 단팥빵을 좋아한다.
나는 이을순 선생님의 기대대로 화가는 아니지만 그와 약간은 비슷한 일을 하며 살고 있다.
내 마음속에는 여전히 10을순 선생님이 함께 살고 있다.

10원짜리
핫도그

핫도그에 대한 정의는 따로 찾아봐야 하겠지만, 우리가 알고 있는 핫도그의 원형은 나무젓가락에 프랑크소시지를 끼운 뒤, 여기에 밀가루 반죽으로 옷을 입혀 기름에 튀기고 케첩을 뿌린 것이다. 지금도 고속도로 휴게소에 가면 먹을 수 있다. 아마도 70년대 초반쯤 등장했나? 20원이었다.

근데 또 다른 핫도그가 있었다. 나무젓가락에 프랑크소시지가 아닌, 그 소시지의 1/4 크기인 조그마한 깍두기 모양의 싸구려 핑크빛 소시지를 끼우고, 밀가루 반죽을 엄청 커다랗게 입힌 뒤 기름에 튀겨 케첩을 뿌려주는 것이다. 이건 10원! 반값이다.

초등학교 시절 우린 축구에 미쳐 있어서 수업이 끝난 뒤 네 명 이상

만 모이면 운동장에서 공을 찼다. 그 애들 중 누구보다도 공을 잘 찼고 나
와 제일 친했던 친구가 있었다. 물싸움, 눈싸움, 축구, 야구도 같이 했고, 코
스모스백화점에도 같이 걸어갔고, 졸업식이 끝나기도 전에 빠져나와 같이
남산에 갔었던 그 친구의 이름은, 정민이다.

축구가 끝난 뒤 후문 앞으로 나오면 예의 그 10원짜리 핫도그 가게가 있었
다. 모두 그 앞에서 핫도그를 하나씩 사 먹었는데, 나는 10원이 없어서 핫
도그를 먹을 수 없었다. 할 수 없이 한두 발짝 떨어져서 그들이 핫도그를
다 먹을 때까지 기다려야 했다. 몇 번을 그랬다.

　　마침내 엄마한테 말했다.

　　"엄마, 나도 10원만 줘. 친구들이 축구하고 나서 다 핫도그 사 먹는
단 말이야"

　　그다음부터 축구가 끝나면 나도 핫도그를 사 먹을 수 있게 되었다.
정말 뿌듯했다.

　　축구하고 핫도그 사 먹고, 야구하고 핫도그 사 먹고, 눈싸움하고 핫
도그 사 먹고 ….

　　어느 날, 그날도 어김없이 후문 앞으로 몰려나와 모두 핫도그를 하
나씩 샀다. 아! 그런데 이놈들이 핫도그를 다 먹고 나더니, 괘씸하게도 핫
도그를 또 하나씩 사는 거였다. 이건 내 시나리오에 없던 상황, 한두 발짝
떨어져 뻘쭘하게 서 있을 수밖에. 처음보다 더 큰 소외감이었다.

바로 그때 정민이가 가게로 가서 10원을 내고 핫도그를 하나 더 샀다. 그리고 그것을 내게 주었다. 그때 난 정민이한테 고맙다는 표시도 제대로 못 한 채, 핫도그를 입에 문 채 히죽거렸다.

우린 각기 다른 중학교로 배정받았고, 어느 날 아침 등굣길에서 우연히 정민이를 만났다. 그렇게 골목길을 같이 걸어가며 잠깐 이야기를 나누었던 것이 마지막이다. 그리고 40여 년이 훨씬 넘는 세월이 흘렀다.

어디선가 잘 살고 있을 테지? 죽기 전에 다시 만난다면 내가 그 핫도그, 아니 더 맛있는 핫도그 꼭 사줄게, 정민아~!

무우즙도
정답

오늘 수능시험이라 한 시간 늦게 출근했다. 이렇게 좋을 수가! 입시 때만 되면 시험에 척 붙으라고 엿이 등장하는데, 요즘에도 교문에 엿을 붙이는지 모르겠다. 그런데 정작 '엿이나 먹어라', '엿 같은'이라는 표현은 어감이 좋지 않다. '엿 먹어라' 그러면 욕처럼 들리기 때문이다.

1965년 중학교 입시에 엿과 관련된 문항이 출제됐다. "엿기름 대신 엿을 만들 수 있는 재료는 무엇인가?"라는 문젠데, 정답은 '디아스타아제'였다. 그런데 보기 중에 '무우즙'도 들어 있었다. 무에도 역시 '디아스타아제'가 함유되어 있어 무우즙으로도 엿을 만들 수 있으니 무우즙도 정답이 될 수 있는 것이다. 시험 결과가 발표된 이후, 당시 무우즙을 답으로 써서 1문제 차이로 떨어진 학생의 부모들이 난리가 났다.

엄마들은 이 문제를 법원에 제소하기로 하고, 먼저 담당기관에 항의하였으나 항의가 제대로 받아들여지지 않았다. 잔뜩 열 받은 엄마들이 무로 엿을 만들어 입시와 관련된 기관에 찾아가 엿을 들이대며 "이게 무로 쑨 엿이다! 빨리 나와 엿 먹어라! 엿 먹어! 무우즙으로 쑨 엿이 얼마나 맛있고 달콤한지 정부는 아느냐! 엿 먹어라! 엿 먹어!"라고 외쳤다. 결국 당시 서울시 교육감과 문교부 차관 등이 사표를 내고 6개월이 지나서야 무우즙을 답으로 썼던 학생들 38명을 정원과 관계없이 경기중학교 등에 입학시켰다고 한다.

이러한 불미스런 사건이 두 번 다시 발생하지 않기를 바라는 마음에서 '엿 먹어라'는 일반에서 회자되는 욕이 되었고, 입시 때가 되면 여전히 엿이 등장하게 되었다는 슬픈 사연이다(믿거나 말거나).

기억력

무즙에 들어있는 '디아스타아제'는 '아밀라아제'의 다른 이름이다.
아밀라아제는 녹말을 분해하여 엿당으로 바꾸어주는 소화 효소로
침 속에 많이 들어 있다. 밥을 오래 씹으면 단맛이 나는 것이 바로 '아밀라
아제' 때문이다. 중학교 때 생물 선생님이 특별한 요령을 가르쳐 주셨다.

(아)밀라아제는 (녹)말을 (엿)당으로 바꾸어준다. → '아! 녹엿 버려'
(신)생대 지층에서는 (맘)모스와 (화)폐석이 발견된다. → '신맘화(만화가 신동우)'
(라)마르크는 (동)물철학에서 (용)불용설을 → '라동용(당시 교장선생님 이름
이 나동성)'

이런 것도 있다.

밤에 시계를 보고 비각을 먹으니 디꼽이 아프다. → 밤A C계 B각 D꼽
비타민 A가 부족하면 야(밤)맹증이 걸리고, C가 부족하면 괴(계)혈병이 걸리고, B가
부족하면 각기병이 걸리고, D가 부족하면 꼽추가 된다.

이러한 좋은 선생님 덕분에 난 기억력이 좋아졌다.
문제는 쓸데없이 기억력만 좋다는 것이다. 상상력과 응용력은 꽝.
하필 얼마 전 종합검진을 받았는데, 골밀도가 떨어지고 있으니 비타민D와
칼슘제를 꾸준히 복용하고 열심히 운동하란다.
기억력만 좋으면 뭘 하나?

명천의
태씨

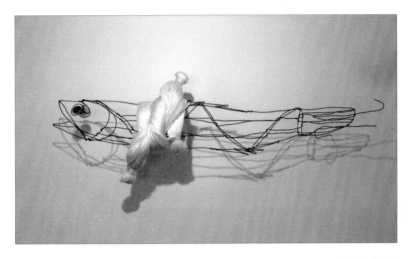

김태성의 「북어」

명천(明川)에 태(太)씨 성을 가진 어부가 살았다. 이름을 알 수 없는 어떤 물고기를 자주 잡아 끓여 먹었는데 아주 맛있었단다. 명천에 사는 태씨가 잡은 물고기라고 하여 그냥 명태(明太)라고 하였단다(초등학생 때 선생님 말씀).

명천은 함경북도에 있다. 북쪽 해안에서 잡히는 고기라 하여 북어(北魚)라고도 한다. 이 외에도 생태, 동태, 황태, 춘태, 먹태, 노가리, 코다리 등의 수많은 이름이 있다.

검푸른 바다, 바다 밑에서 줄지어 떼 지어 찬물을 호흡하고

길이나 대구리가 클 대로 컸을 때 내 사랑하는 짝들과 노상 꼬리치고

춤추며 밀려다니다가

어떤 어진 어부의 그물에 걸리어 살기 좋다는 원산 구경이나 한 후

에지푸트의 왕처럼 미이라가 됐을 때

어떤 외롭고 가난한 시인이 밤늦게 시를 쓰다가 쐬주를 마실 때

그의 안주가 되어도 좋다 그의 시가 되어도 좋다

짜~악 짝 찢어지어 내 몸은 없어질지라도 내 이름만은 남아 있으리라

명태, 명태라고 이 세상에 남아 있으리라.

지금은 북쪽 바다건 동해 바다건 명태가 씨가 말랐다. 조류의 변화인지, 남획의 결과인지. 변훈 곡, 양명문 시, 오현명 노래의 완벽한 삼박자지만, 특히 시가 일품.

내 사랑하는 짝들과 노상 꼬리치고 춤추며…

살기 좋다는 원산 구경이나 한바탕 하고…

명태는 어질고, 외롭고 가난한 사람을 위해 있는 것.

K다방
얼굴마담

김태성의 「Sonnet」

다방이 으레 그렇듯이 K다방 한쪽 벽에는 큼직한 수족관이 있고, 테이블 위에는 동전을 넣으면 한쪽 구멍으로 오늘의 운세를 뱉어내는 재떨이와 유엔 성냥이 놓여 있었다.

　　물론 다방의 필수 조건인 얼굴마담도 있는데, 정확히는 사장님이면서 얼굴마담을 겸직하고 있었다. 말할 것도 없이 그녀는 무지하게 예뻤다. 얼마나 예뻤냐 하면, 내가 평생 봐왔던 미인들 중 일곱 명 안에 들어갈 정도다. 한 사람은 퇴근 후 집에 가면 볼 수 있고, 또 한 사람은 요즘도 재수 좋으면 가끔 볼 수 있고, 또 한 사람은 그 얼굴마담이었으며, 나머지 네 사람 정도는 그냥 기억 속에서만 가물거린다.

　　28살, 이름은 알지만 밝히지 않겠다(물어봐서 안다). 당시 그녀를 얼마나 흠모했던지….

나는 그때 스무 살이었고, 종로의 어떤 학원에 다니고 있었고, 거의 매일 한두 번씩은 그 다방에 들리는 구질구질한 재수생이었다. 여전히 기억나는 것은 이 고혹적인 여인이 검은색 벨벳(표준말로 비로도) 미니스커트에 흰 실크 블라우스를 받쳐 입고 다방 안을 이리저리 돌며(느릿느릿 우아하게) 손님들에게 인사를 하던 모습이다.

　　이 마담 누나는 우량 고객인 내게도 빼놓지 않고 인사를 했는데, 손님이 없어 한가할 때면 내가 앉은 테이블에 와서 노닥거리다 가기도 했다. 그럴 때면 난 그녀의 꿈꾸는 듯한 하얀 손가락을 슬며시 잡아당기면서, "누님 오늘도 이쁘십니다. 흐흐흐… 도대체 평소에 뭘 드시면 이렇게 이뻐지나요? 킬킬킬"하면서 농담을 했다. 그녀는 씩 웃으면서(같잖다는 표정이었던 게 맞을 거다) 자신의 손을 슬그머니 빼내며 내 손등을 찰싹 때렸다. "오늘 일찍 왔네? 밥은 먹었니?" 뭐 이런 말을 하곤 했다.

나는 이 마담 누나를 보면서 별 상관도 없는 주요섭 소설의 「아네모네의 마담」을 떠올리곤 했다.

술을 마셔 몸을 가누기 힘들 땐 이 다방에 들어가 테이블에 엎드려 잠을 자기도 했다. 재수생 처지인지라 고민이 많아 홀로 앉아서 담배를 뻑뻑 피워대면 "뼈 녹는다. 담배 좀 작작 피워라"하면서 슬쩍 계란 프라이를 가져다주기도 했다.

눈이 많이 와서 버스가 일찍 끊어진 날(통행금지라는 게 있던 시절) 급한 대로 그 다방으로 달려가 사정 얘기를 하고 홀의 소파에서 잠을 잤다. 정월 초하룻날에는 스페셜 커피라고 하여 커피에 날계란 노른자를 넣어주는데, 가격이 평소의 따불이지만 난 레귤러 값을 지불했다.

종로 낙원상가 근처의 어느 건물 2층에 있던, 지금은 사라진 'K다방', 그 골목을 지나칠 때면 나는 여전히 고개를 기웃거린다.

별다방
얼굴마담

1971

1987

1992

2011

별다방(starbucks) 1호점이 개업했다.

그때 우린 이화여대 옆에 있는 아파트에 살았는데, 이대 교문 앞을 관통하는 철길을 따라 아침저녁으로 기적 소리가 들려오는 기찻길 옆 오막살이였다고 할까?

교문 앞의 도로변에 별다방이 개업한 지 몇 년 지나지 않아 아들이 초등학교에 입학했다. 아침이 되면 초딩과 그의 모친이 같이 나선다. 하나는 등교, 하나는 출근이다. 이 별다방에 들려 초딩은 빵과 핫초코를 사고 그의 모친은 커피를 산다.

난? 아마 그 시간쯤 잠에서 깨, 정신없이 세수하고 있었을 거다.

이 별다방에도 얼굴마담이 있다. 홀딱 벗고 있는 긴 머리 소녀 말이다. 그 여자는 로렐라이 언덕에도 있고, 코펜하겐 해안가에도 있다는 인어아가씨, 사이렌(siren)…!

엄청난 마력의 이 얼굴마담이 사람들을 유혹하여 너도나도 커피의 바다에 빠져버렸다. 그렇다고 다들 빠져 죽은 것은 아니지만 중독에서 헤어 나오지 못한 채 살고 있는 이들이 한둘이 아니다.

그런데 초기에는 이 마담의 노출이 심해 야하다고 여성단체 등에서 방방 뜨고 난리를 쳤단다. 할 수 없이 이 아가씨의 머리를 길게 늘어뜨려, 벗은 몸을 최대한 가리도록 바꾸었다. 이후 점차 형태가 단순하게 바뀌어서 이젠 글씨고 뭐고 암 것도 안 남고 그냥 인어아가씨만 남았다.

그러나 언제나 바뀌지 않는 원칙이 있었다는데,

'색상(녹색)은 절대로 바꾸지 않는다.'였고 이후 이 녹색 얼굴마담이 별다방을 먹여 살린다.

첫눈이
오면

한겨울, 폭설이 쏟아지는 한밤중에 보초 근무를 서고 내무반으로 돌아왔다. 난로 위 세숫대야에 라면을 한 10개쯤 끓인 것 같다. 둘러서 있던 고참들이 사무용 클립보드에 라면 봉지를 펼쳐 끼운 채, 싸리나무를 잘라 만든 젓가락으로 면발을 건져 올려 후후 불면서 먹는다. 먹는 본새를 보니 제대로 씹지도 않고 마구 삼킨다.

그 와중에 누군가가 "근데 대통령도 라면 먹을까?"라고 하니,

다른 이가 "그럼 대통령도 군발이 출신인데 당연히 먹겠지"라고 응수한다.

아! 나도 정말 먹고 싶다. 나도 군발이다. 이등병!

남아 있는 국물이라도 한 모금 먹으면 좋으련만, 이 자식들이 건더기는 벌써 다 건져 먹었고, 마침내 국물까지 먹어치울 요량! 그런데 그중 어떤 고참이

"야 신병! 너 보초 서고 왔지? 일루 와서 국물이라도 마셔. 딱 세 모금만. 딱 세 모금이다." 그리하여 그 누런 세숫대야를 두 손으로 붙들고 들이켰다.

한 모금, 한 모금을 최대한 많이 마실 수 있도록 입을 크게 벌리고, 호흡을 참고 쭈~ 욱.

한 번, 두 번, 세 번, 끝.

그날 밤, 나는 조미료 맛이 밴 입술을 핥으며 깊고도 달콤한 잠에 빠졌다.

오늘 모처럼 눈도 오는데 라파게티 정식(라면·파·계란 + 김밥)이나 먹어 볼까?

월선아줌마라면

솥에다 국수를 삶다가 거기에 라면은 두 봉지 정도만 넣는다. 라면만 골라 떠 손님과 아버지께 먼저 드리고 나머지를 휘휘 섞어서 형제들이 나눠 먹는다. 왈순마 라면이었을 거다. 몇 년 후에는 나 혼자 라면 두 개 반을 삶아 먹고 여기에 밥도 말아 먹었다. 참으로 흐뭇했다. 최대 네 개까지 먹은 적도 있다.

예로부터 우리는 직접 이름을 부르는 것을 별로 반기지 않았다. 그래서 김부장, 이교수, 최대표 등 성씨 뒤에 직책을 붙이는데, 정 붙일 게 없으면 ○선생이라고도 한다. 여자들도 결혼한 경우에는 이름보다는 '○○엄마'라고 하거나 고향 또는 남편의 성을 따서 '○○댁, ○서방댁'이라고 했다. 가령 '월선댁'이라고 하면 '월선'에서 살다가 시집 온 여자를 일컫는 것이며, '김서방댁'이나 '김실이(金室이)'라고 하면 남편의 성이 '김'씨라는 얘기다.
　　　아래 항렬은 월선댁이 아니라 월선아줌마라고 부르는데, 경상도 식으로는 '월선띠기'나 '월선아지매'가 된다. 여기서 '월선'은 지명에서 유래한 것이므로 월선댁이나 월선아줌마는 여러 명이 있을 수 있다. 월선이라는 발음이 실생활 속에서 보다 밝고 명쾌한 어감으로 음편 되어 '왈순'으로 바뀌면서 '월선아지매'가 '왈순아지매'로 변화되었고, 다시 축약되어 '왈순마'가 되었을 거라고 생각했다(내 마음대로 생각).

'왈순아지매'는 1950년대부터 2002년까지 활동한 만화주인공이다. 그녀의 직업은 식모다. 투박하고 약간 싼티나는 헤어스타일, 작은 눈, 귀여운

코, 늘 웃음을 머금은 입 등 복스러운 얼굴에, 쾌활하고 명랑하며 오지랖 넓은 행동파 아줌마다. 약간 주책스럽기는 해도 때로는 엄마처럼 자상하고 따뜻한 보통 아줌마의 특성이 담겨 있다.

만화가는 어느 날 친지의 집을 방문했다가 이월선이라는 여인을 알게 되었다고 한다. 커다란 덩치, 괄괄하고 투박한 경상도 말투의 아줌마를 보고 힌트를 얻어 '월선'을 '왈순'으로 바꾸고 새롭게 창안한 캐릭터를 내세워 여성지 『여원』에 연재하면서 왈순아지매가 탄생했다고 한다.

만화 왈순아지매의 인기가 치솟던 1968년 당시 롯데공업(지금의 농심)이 라면을 생산하면서 제품 이름을 '왈순마'라고 붙여 광고하고 판매하다가 저작권 소송에 연루되었다. '왈순마'라는 상품명과 포장지의 그림이 시사만화 '왈순아지매'를 표절했다는 이유였다. 결국 롯데가 패소했고 이후 왈순마 라면은 사라졌다. 지금도 기억나는 CM송, 왈순마 ~ 왈순마 ~ 롯데라면 왈순마 ~ !

왈순아지매가 왈순마를 내쫓은 것인데, 지금은 그 왈순아지매도 어디론가 사라졌다.

'왈순아지매'와 '왈순마'는 저작권 소송까지 하면서 원조 싸움을 벌였지만 지금은 모두 사라졌고 내 어릴 때 월선에서 시집 왔던 동네 아줌마는 지금 어디에서 살고 있는지?

포천군
이동면

'이동갈비'는 1960년대 포천군 이동면 소재지의 작은 식당에서 돼지갈비로 시작했다. 푸짐해서 군인들(5군단의 3개 사단)의 인기를 얻다보니 동네 이름을 붙여 이동갈비라 칭하게 되었다.

30여 년 전부터 한우갈비로 바뀌었고 한우의 공급이 부족해지면서 미국산 갈비로 서서히 바뀌었다. 대부분이 미국산 갈비지만 호주산이나 뉴질랜드산보다는 맛있다는 평.

이동갈비의 핵심은 쪼가리 난 고기를 이쑤시개로 이어 붙이는 것인데, 요즘은 접착제(?)도 좋아졌고 싸게 수입되는 원자재가 많아서인지 그런 건 안 보인다.

1980년대 초반 이 동네에서 군 생활을 했다. 이동막걸리와 이동갈비를 먹으면서 잠시 짬밥 먹던 시절을 떠올려 본다.

오프로드와
북엇국

1980년대 후반, 일 년간 돈을 모아 국내에 10여 대밖에 없다는 프라이드 캔버스 탑(천으로 된 천장이 끝까지 좌~악 열려 오픈카 비스름해지는)을 사가지고서리, 그녀를 옆에 태우고 폼 나게 강원도로 갔더랬다. 주문진에서 일박하고 다음 날 그 일대를 돌아다니다 저녁 무렵 속초로 갔다. 그런데 휴가철도 절정인 때라 방이 없는 것이다. 한 열댓 명이 같이 자야 하는 큰 방이 남았다는데, 그마저도 엄청난 돈을 내란다. 늦은 시간이었지만 서울을 향해 가기로 했다.

차가 엄청나게 막힌다. 반대편에서 오는 차의 승객들이, 홍천까지 4시간도 넘게 걸릴 거라고 비보를 전해준다. 헐! 이거 미치겠다. 할 수 없이 원통쯤에서 우회도로로 방향을 틀었다. 아뿔싸! 비포장 길인 데다 가로등도 없다. 그렇게 얼마를 가다 보니, 다른 차들은 하나도 안 보이고 우리만 가고 있는 것 아닌가. 장마로 길이 끊어진 곳이 많아 야산으로 달리기를 몇 번, 때때로 언덕을 만나면 크게 심호흡하고 1단 기어를 넣고 올라갔다. 한쪽으로 아득한 벼랑이 이어지는 구불구불한 길이 어둠 속에서 가물거린다. 하필 연료 경고등도 반짝거려 결국 에어컨도 끄고 창문을 연 채로 한발 한발 앞으로 나아갔다. 불빛이 나타나기만을 기다리면서. 운전 연수받은 뒤, 실전 운전이라고 해봐야 일주일이 될동말동할 때였다.

지독하고도 무서운 야간 오프로드였다. 이건 '프라이드'가 아니라 '지프라이드!'

밤 12시경이 되어서야 좁은 포장도로가 나오더니 마을이 보인다. 겨우 양구에 도착한 거다. 이런 ○기미 ○팔 양구 땅이다! 저 멀리 모텔이 하나 보인다. 반가운 마음으로 방이 있는지 물으니, 오늘은 주말이라 어딜 가도 방이 없단다. 큰일이다. 밤은 늦었는데, 방도 없고, 배도 고프고, 기름도 없고…. 모텔 직원을 붙들고 사정을 했다. 우리가 속초부터 방을 찾아 여기까지 왔는데, 좀 도와 달라고. 그가 밖으로 나가더니 10분쯤 후에 돌아왔다. 여인숙이 하나 있단다. 여인숙? 뭐 상관없다. 그게 어디냐? 고맙다는 인사로 5천 원을 내밀었다. 여인숙 방값도 5천 원!

짐을 풀고 허기를 채우기 위해 동네 식당에 들어갔다. 마침 황태 북엇국이 있다. 북어와 두부와 계란과 파와 뽀얀 국물. 세상에나, 북엇국이 이렇게 맛있는 음식이었던가?

청춘남녀가 야심한 시간에 북엇국을 허겁지겁 먹고 있으니 주방 앞에 앉아 있던 육군 중사 아저씨(식당 아줌마의 남편인 듯)가 자꾸 말을 시킨다. 왜 이 늦은 시간에 밥을 먹냐? 어디서 왔냐? 어떻게 왔냐? 속초에서부터 방을 찾아 밤길을 운전해왔다, 차가 막혀 길을 우회해서 산길을 따라 이리저리 천신만고 끝에 왔다고 했더니, 그 육군 중사의 동공이 커졌다. "정말로 그 길로 왔어요?" "네, 왜요?" "그 길은 작전용으로 쓰는 전차 훈련 도론데, 우리도 훈련할 때 지긋지긋해 하는 끔찍한 곳이에요. 정말로 그 길로 왔어요?" "… 네."

현역 군인이 품질 보증하는 진정한 오프로드였다. '지프라이드'도 아니었다. '탱크라이드!'

내 평생 그 밤, 양구 땅에서 먹었던 그 북엇국의 맛을 넘보는 북엇국은 아직 못 만났다.

퓨전이라고
라고?

끼악 ~ 꺅 ~ 거리는 환호성을 지르는, 오열하듯 두 손으로 얼굴을 가린 단발머리 여학생들! 콘서트홀의 푸른 역광! 검은색의 선글라스! 팡파라 팡 울려대는 전자음, 뽀얀 안개인지 수증기인지, 그 속을 헤치며 슬로우 모션으로 유유히 등장한다. 조용필! 온몸과 열정을 다해 부르는 젊음의 노래. 선망의 눈빛, 청순한 소녀의 얼굴이 오버랩 된다. 한번 껴안아 봤으면? 그이를. 꿈꾸는 표정의 그녀, 그때 퍼~억! 터진다. 맥콜, 그대여~~ 맥콜!

　　　80년대 음료 시장에서는 사이다, 콜라, 환타, 씨니덴이 휩쓸고 있었다. 이 같은 상황에서 후발업체인 일화는 구매력이 가장 왕성한 장년 세대를 겨냥하여 뭔가 새로운 음료를 개발해 신규 시장 진입을 꾀하려 했다. 그래서 그들에게 익숙할 뿐 아니라, 나름대로 웰빙 스타일이라는 인상을 주기 위해 전통 음료인 보리[麥]차의 특성에 더하여 탄산음료의 대표주자인, 바로 콜라를 짬뽕한 맥콜(보리+콜라)을 개발, 박카스 병 같은 데다 담아 약국에서 팔기 시작했다. 결과는? 꽝이었다. 애석하게도 30~40대는 음료도 아닌, 건강보조제도 아닌 이렇게 요상한 것을 거의 사 먹지 않았고 또한 약국이라는 매장은 유통채널로서는 좀 거시기 했던 것이다.

　　　어떻게 해야 할까? 일화의 고민이 시작되었을 거다. 80년대는 급격히 확대된 영파워 집단인 신세대가 새로운 구매층으로 부상하던 때였다. 이로써 가장 충동적인(?) 소비, 다시 말해 감성적 소비에 익숙한 20대를 주 타깃으로 설정하고 마케팅 전략을 세운다. 우선 음료의 패키지를 하이틴 층과 20대들의 감각에 맞는 캔의 형태로 바꾸고, 표면 역시 청춘들에게 어필할 만한 경쾌하고 모던한 스타일(줄무늬)로 바꾼다. 더불어 그들이 제일 좋아하는 대중 스타, 바로 '조용필'을 내세웠다. 라이브 콘서트에서 뛰어나가면서 멋있게 캔을 퍼~억 따서 한입에 털어 넣으면 어떨까? 결과는 대박이었다. 뒤 이어 '비비콜', '보리보리', '보리텐' 등 유사품이 줄을 이었다.

이후 짬뽕 음료(밀키스, 암바사 등)와 이온음료(포카리스웨트, 게토레이 등)가 속속들이 출시되었다. 맥콜은 본격적으로 퓨전 요리가 범람했던 때보다 30여 년이나 앞서 음료 분야에서 퓨전을 시도한 사례다. 물론 맥콜의 상업적 성공은 내용과 이미지의 상호작용, 의미의 구조화, 스타 마케팅 등 좀 더 복잡한 변수들이 개입되어 있었지만 말이다.

모든 먹거리는 섞음과 조합을 통해 변모·발전하지만 시장에서 살아남아야 마침내 족보에 이름이 올라간다.

맛있는 거
먹는 날

전통적으로 맛있는 거 먹는 날은 크게 세 가지 날이 있다. 설이나 추석 같은 명절, 태어난 날(생일), 죽은 날(제삿날)이다. 물론 누구나 태어난 첫날과 제삿날은 못 먹는다. 남들이 먹을 뿐이다.

요즘은 맛있는 거 먹고 싶어 딱히 명절이나 생일이 기다려지는 것은 아니다. 그러나! 또 설이 되어 우르르 모였다. 변두리의 어느 밭에 있는 이른바 비닐하우스다(실제로는 비닐이 아니지만). 다들 세배할 생각은 않고 다 짜고짜 먹기부터 한다.

하우스 안의 무쇠 난로에 굽는 밤과 고구마, 가래떡, 조금 후 녹두전과 굴전, 고추전, 동태전, 다시, 등심, 안심, 살치살, 고추장불고기, 삼겹살, 더덕구이, 도토리묵, 잡채, 만두, 튀각, 물김치, 겉절이, 없는 게 없다. 환상적인 녹두전에 칠성급 안심스테키…. 게다가 깍두기는 죽음이다. 깍두기가 이렇게 맛있어도 되는 거니? 젓가락으로 먹자니 갑갑하여 숟가락으로 퍼먹는다.

먹성 좋은 우리 아들은 "우와! 안 맛있는 게 없어." 나도 그리 생각한다. 어떻게 아무거나 먹어도 이렇게 맛있을 수가 있단 말인가? 어떤 식당, 어떤 호텔에서도 이렇게 맛있게 먹은 기억이 없다.

앞으로도 그럴 것 같다. 맛도 맛이지만 열댓 명 가족들이 와글와글 수선스럽게 같이 먹는 가정식이라서? 그럴지도 모른다. 맛의 비밀은 생각보다 쉬운 곳에 있을 듯….

여전히 명절을 기다린다. 올해는 맛있는 음식을 만들어 주신 분들께 격식 차려 경의를 표해야지. 명절은 계속 돌아오겠지만 바로 오늘의 설과 오늘의 맛은 다시는 돌아오지 않을 거다.

올해도 오늘처럼 쭉쭉 맛있게 살 수 있기를 기대하며….

추서기
가까워져씀미다

국민학교 2학년때 국어책에 나왔던 내용이다. "추석이 가까워졌습니다."(옛날에는 '가까워졌읍니다') 난 이 문장이 입에 배어있다. 물경 50여 년 동안 이나…. 지금도 추석 무렵이 되면 혼잣말로 "추서기 가까워져씀미다~"라며 중얼중얼거린다.

뭇 과실 중에 제일 좋아하는 것이 사과다. 다소곳한 몸매에 부드러운 살결의 복숭아는 그런대로 먹어주지만, 서걱거리고 별로 깊이가 없어 보이는 배는 마지못해 먹고, 떫떠름하거나 물컹한 감도 별로이고, 까먹으려면 인건비가 엄청 드는 호두나 밤은 싫어하고, 작은 씨를 발라먹어야 하는 포도나 수박은 더욱 싫고, 과일도 채소도 아닌 토마토는 물컹하고 상큼해서 싫다.

　내 어린 시절 고모는 이가 안 좋아 사과를 숟가락으로 긁어 드셨다. 아기 이유식처럼. 뭔 맛이 있었을라나?

　나는 사과를 완전히 편애한다. 일단 육질부터 내 스타일이다. 한 입 베어 물 때, 치아에 살짝 저항하는 듯한 느낌, 견딜만한 정도의 새큼함, 씹을 때 지나치게 뭉개지지도 견고하지도 않은 적당한 정도의 강도 등.

　무엇보다 사과를 깎으려면 과도로 사과 어깨 부분을 탁 치는데(그 틈새로 칼날을 빗겨 넣어 껍질을 벗겨낸다), 그때 한두 방울 튕겨 나오는 하얀 과즙, 순결하고 달콤한 사과의 피다.

또 추석이 되었다. 감도 익고 밤도 익겠지만 난 이 사과가 빨갛게 익어가는 게 제일 흐뭇하다.

줄~ 을
서시오

초딩 시절 방학이 되어 시골에 가면 반드시 닭을 잡았다. 씨암탉??

접대 수준으로 보면 손자는 사위보다 등급이 높아야 하지만 씨암탉까지는 아니고 좀 덜떨어진 닭을 잡았다. 닭을 잡으면 살만 아니라 털만 빼고 모조리 먹는다. 콩팥, 간, 염통, 모래주머니(똥집), 닭발, 창자까지…. 내가 본래는 내장 전문이었다(지금은 아니다).

"닭을 어떻게 해줄까?"라며 할머니가 물어본다.

백숙은 싫고(미끄덩거리는 닭 껍데기와 누렇게 둥둥 뜨는 기름덩이가 죽도록 싫었다), 뼈 발라내기도 귀찮고 마땅히 원하는 바가 없으니 그냥 할머니 앞에 앉아 물끄러미 쳐다보고 있으면,

"닭을 삶아 고기만 발라내서, 채소랑 간장을 넣고 자작자작하게 볶아 줄까?"

그러면 얼른 "어…"하고 대답했다.

나중에 알고 보니 그게 안동찜닭 계열이었다.

고교 졸업 후 무작정 상경한 김 모 씨는 첫 직업이 백수였다. 김 백수의 소박한 사업 아이디어는 고향에서 먹던 찜닭을 서울에서 팔아 돈을 버는 거였는데, 문제는 밑천도 없고 주변머리도 없었다는 것이다. 그런데 김 백수에게는 마케팅 일을 하고 있던 장 모 씨라는 친구가 있었다. 장 씨는 평소 동양 고전에서부터 온갖 무속신앙과 4차원의 세계, 외계인, 각종 미신과 토템을 숭배하고, 달라이 라마의 말씀에도 심취해 있으며, 특별한 일을 시작할 때

는 협력회사(무당, 사주쟁이)의 자문을 맹신하는, 한마디로 별난 사람이었다.

　　김 백수의 계획을 알게 된 장 씨는 솔선하여 닭찜 가게 출범을 위한 계획 수립 및 펀드레이징에 나섰다. 그리고 자신의 직업적인 전문성을 발휘해 브랜딩 작업도 시도했다. 네이밍부터 사인, 인테리어, 식기, 수저세트, 음악 등을 패키지로 한 샵아이덴티티(Shop Identity)까지. 그런데 놀라운 점은 김 백수를 위해 철저히 순수하게, 공짜로 해 줬다는 사실이다. 아니면 장 씨 생각으로도 될 만한 사업이라는 직감이 들었거나….

자금이 넉넉지 않아 대학로의 후미진 뒷골목에서 개업했다. 그러나 두어 달이 지나자 가게는 문전성시를 이루었고 반년 정도 지나서는 아예 예약은 받지 않고 번호표를 나눠주며 줄 서서 기다리게 할 지경이 되었다. 약 1년이 지나자 사방에서 짝퉁 찜닭이 나오기 시작했다. 마침내 대한민국에 찜닭 열풍이 불어 닥친 것이다. 닭은 나날이 잘 팔렸고 드디어 성공의 문 앞에 이른 것이다. 어느 날 매상액을 집에 가져가서 만 원짜리, 천 원짜리 나눠가며 부부가 돈을 셌는데, 돈 세다가 밤을 새운 적도 있단다. 나도 한 번 돈 세다가 밤새봤으면 좋겠다.

　　사태가 이쯤 되자 소스 공장과 닭 공장 등을 만들고 가게 이름도 바꾸게 된다. 처음에는 '안동찜닭'이었으나 짝퉁들이 모두 안동찜닭이라고 하는 통에 먼저 시작한 원조임에도 후발주자처럼 보였다. 물론 짝퉁이 그렇듯 대부분의 가게는 제대로 맛을 내지 못한 채, 이후 하나씩 명멸해 갔다.

그리하여 협력업체(점쟁이)의 컨설팅을 통해 '봉추찜닭'이라는 브랜드를 개
발하여 등록했고 이후 견실한 중소기업으로 성장해 나갔다.

봉추(鳳雛)는 와룡(臥龍, 諸葛亮)과 쌍벽을 이루었던 천하의 인재 방통(龐統)을
말하는데, 제갈량이 53세에 죽은 것에 비해 그는 젊은 나이인 35세에 요절
한다. 봉추란 봉황의 병아리를 이르는 말이다. 삼국지에서도 방통이 죽었
을 때, 병아리가 봉황이 되지 못한 채(봉추인 채), 떨어져 죽었다고 하였다. 그
러니 봉추찜닭은 악병아리(영계)로 만들어야 하는 건데… 흠!
    어쨌든 '봉추찜닭'은 김 백수의 아이디어와 장 마케터의 전략이 만
나 성공한 사업이다. 그렇다면 김&장 중에서 누가 봉추이고, 누가 와룡일
까? 누가 봉황이든 용이든 간에 어쨌거나 이들은 서로를 이해타산으로 대
하지 않고 신뢰하고 아끼는 사이였단다. 으~리!
    최초 이들의 인연은, 군 입대 당시 앞뒤로 줄을 서 있었던 사이로 공
교롭게도 둘 다 면접에서 퇴짜를 맞아 그다음 번에야 입대할 수 있었던 썰
렁한 청춘들이었다. 그렇게 어설프게 시작된 인연이 지금은 대주주와 대
표이사로 지내고 있다고 한다.

어쨌건 줄을 잘 서야 한다.

코스커피
또는
커피뷔페

개그맨 지○○을 닮은 PD 출신의 커피숍 사장님은 인도네시아 발리에 있는 친지의 농장에서 원두를 직접 가져온다고 한다.

70cc쯤 되는 에스프레소를 원샷으로 입에 털어 넣고 점잖게 가글가글 한 뒤 꼴딱 삼킨다. 입을 꽉 다물고 있어야 한다. 커피향이 빠져나가지 못하도록…. 기분 좋은 쌉쓸함에 몸서리가 쳐진다. 입을 헹구기 위해 아메리카노를 들이킨다. 400cc 정도다. 뜨거움을 참을 수 있다면 그냥 벌컥벌컥 마셔도 된다. 용감무쌍한 미군 해병처럼(2차 세계대전 때 유럽에 상륙한 미군 병사가 그 동네에서 커피를 달라고 했더니 진한 에스프레소를 줬단다. 거의 사약 수준이었을 거다. 너무 써서 물을 한 컵 부어 마셨더니, 원주민들이 이런 무식한 놈! America No! 라고 했단다. 그 묽은 커피가 아메리카노 커피다).

내게 커피는 다방 커피가 원조다. 커피2, 설탕2, 프림2, 황금비율 아닌가! 이게 대량생산품으로 바뀐 게 그 이름도 거룩한 맥심 봉지 커피다. 다방 커피 맛을 내는 또 다른 세련된 커피가 있다. 에스프레소 커피에 수작업으로 펌핑해서 만든 우유 거품과 시럽을 넣은 것이다. 펌핑하면서 우유에 들어 있던 단백질과 납 성분이 아래로 가라앉아 거품이 청정하다. 그래서 할랄커피로도 승인된(Halal, 이슬람 율법에서 사용이 허락된 것들을 의미함) 푸레도 커피(Caffé Freddo)다. 담박한 듯 달콤하고 구수하다. 130cc 정도였던 듯.

이 커피는 사케레토(사케라떼)라고도 한다. 커피에 사케(정종)를 섞는 건가 했더니 그게 아니고 일본 사람들이 쉐이크(shake)라는 발음을 잘 못 해서 사케라고 하는 거다. 부지런히 흔들어 만든 커피라는 얘기다. 당연히 아이스 사케레토는 얼음 조각이 들어 있는 거다. 이거 맛이 아주 나이스다. 보석 같은 얼음알갱이가 오도독오도독 씹힌다. 요건 140cc 정도였을 듯.

이것저것 여러 잔을 마셨다. 입가심으로 디저트 커피가 없느냐고 물어봤더니 만들어 주겠단다. 루왁(Luwak) 커피다. 사향고양이가 커피 체리를 먹고 난 뒤 배설한 씨앗을 햇빛에 말리고 볶는 과정을 거쳐 만든 커피다.* 이 커피는 입안의 잡냄새를 없애준다고 하는데, 평소 말을 많이 해 입 냄새로 고민하던 오프라 윈프리가 이 커피를 애용했단다. 연인들이 만난 지 100일이 되어 첫 키스를 할 때가 되면 그 전에 이 커피를 마신다고 한다. 마케팅

•

루왁 커피는 본래 야생의 사향고양이를 통해 만드는 것인데,
이 커피에 대한 인기가 치솟으면서
사향고양이를 집단 사육하는 농장들이 등장했다.
열악한 생장환경과 음식들로 사향고양이들이 혹사되고 있어
동물학대 논란으로 번지고 있다.

0
6
9

의 음모 덕분이다.

디저트로 마신 루왁 커피는 일본의 신젠 그룹이 보증하는 신젠루왁
이란다. 요건 엄청 고급이라서 60cc 정도만 주더라. 호텔 같은 곳에서 마
시면 한잔에 적어도 5~6만 원 정도는 할 거다. 이래저래 커피를 도합 1리
터 가까이 마신 거 아닌가?

참고로 원두 가격은

루왁은 100g이 80,000원(믿기지 않는 가격이다)

아라비카 B등급은 1Kg이 30,000원

저급 아라비카(일반적인 커피 원두)는 1Kg이 가련하게도 3,500원

한꺼번에 차려져 있는 데서 입맛대로 골라 먹는 게 뷔페다. 그날 마신 커피
는 시차를 두고 한 잔씩 나온 것이니 코스가 맞다. 게다가 고양이똥 디저트
로 마무리했으니…. 코스는 자주 먹으면 그 맛이 그 맛인지라 어쩌다 한 번
씩 먹어줘야 그 진가를 알 수 있다.

겨울은 봄을 데리고 온다고 했다. 저만큼 다가온 나른한 봄볕과 달
짝지근한 바람, 좋은 분들이 함께했던 자리다. 커피 맛이야 제아무리 좋은
들 시간 가면 흐려지는 거, 기억에 남을 것은 그날의 햇살과 바람과 웃음
소리뿐일 듯.

내 충무할매김밥은
어디에?

아마도 지난여름이었을 거야. 휴게소에서 먹었던 김밥. 한 30년쯤에 갔던 충무(지금의 통영) 한려수도가 생각나더라. 산홋빛 바다, 물결 사이로 투과되는 빛의 파장. 어수선한 시장통에서 먹었던 김밥. 맨 김에 싼 흰 밥과 다라이에서 퍼 담아주던 양념된 오징어와 큼직한 무 덩어리.

이 김밥은 본래 고기 잡으러 바다로 가는 뱃사람의 점심으로 만든 것이다. 밥과 찬을 같이 싸면 해양의 높은 기온에 살 쉬기 때문에 밥은 밥대로 싸고 찬은 오징어나 꼴뚜기, 무(소화촉진) 등을 양념에 버무려 따로 싸 가져가 먹었던 것이다.

1980년대 초 정부는 정권의 정당성을 드높이기 위해 '문화 창달'을 부르짖었다. 이로써 여의도광장에서 '국풍81'이 치러졌고 이때 등장했던 이 김밥이 이른바 충무할매김밥이었다.

이 김밥의 핵심은 잘 양념된 삶은 오징어다. 그런데 그날 휴게소에서 먹었던 충무김밥은 오징어는 씨도 안 보이고 무 덩어리와 오징어처럼 변장한 무말랭이 따위로 채워져 있었다. 된장 맞을, 시베리안허스키, 개나리, 십장생…. 경부고속도로에 있는 휴게소, '망할휴게소'다!

충무는 통영으로 본래 이름을 찾았다지만 내 충무할매김밥은 어디 가서 찾나?

딱
한 모금

딱 한 모금이 마시고 싶을 때가 있다. 사람에 따라 그 한 모금이 누구는 반 컵일 수도 있고 누구는 한 컵이 될 수도 있다. 계량적으로는 75cc가 될 수도 있고 83cc가 될 수도 있다. 갈증이 유독 심할 때라면 98cc가 될 수도 있을 테고….

우리 아들이 대여섯 살 무렵이었을 거다. 아이가 요맘때가 되면 어른들 말귀도 적당히 알아듣고 간단한 심부름도 곧잘 한다. 가령, 신문을 가져오라든지 물 한 컵만 달라고 하든지 얘기하면 노느라고 정신이 팔려있다가도 벌떡 일어서서 심부름을 하는 것이다. 기특하다! 움직이는 리모컨이다.
　　그런데 이놈이 조금 더 커서 자의식 비슷한 게 생기기 시작하면서 반항기도 싹트는 모양, 어느 날인가 간단한 심부름을 시켰더니 도끼눈을 뜨면서 혼잣말로
　　"지는 손이 없나, 발이 없나?" 아…! 그러는 거다. 순간 충격! 아니 저놈이 어디서 저런 고급진 대사를 배웠지? 물론 그렇다고 심부름을 안 했던 건 아니지만, 당분간 조심해야 한다. 이럴 땐 가급적 심부름을 안 시키는 거다.

한참 지난 어느 날, "○○야, 아빠 물 반 컵만 가져다줘"라고 했더니 냉큼 컵을 들고 냉장고에서 물을 한 컵 가득히 담아 들고 왔다. "고마워, 근데 물이 많다. 반 컵만 달라니까" 갸우뚱하던 아들놈의 눈이 또 도끼눈으로 바뀐다.
　　다시 며칠이 지난 후, "○○야. 물 반 컵만 갖다 줘." 아들은 역시 컵

을 들고 냉장고로 가서 물을 받았다. 그리곤 컵을 들어서 물의 높이를 가늠해 보더니 한 모금을 훌쩍 마시고 다시 컵을 들어 물 높이를 쳐다본다. 얼추 반 정도였음을 확인하더니 내게 가져다준다.

마눌님 왈, "반 컵만 달라는 애비나 그걸 또 맞추는 아들이나, 참. 그 애비에 그 아들이구만."

딱 반 컵 정도라야 남김없이 원샷으로 마실 수 있다. 그래야 해갈의 느낌이 딱 맞아떨어진다.

노니
이 잡는…

정확히는 뼈다귀탕이 맞지만 보통은 감자탕이라고 한다. 명칭에 대해서는
몇몇 가지 설이 있지만, 어느 하나 믿을만한 게 없다.

감자탕은 뼈다귀로 보나, 감자로 보나 그 재료든 모양새든 태생부터가 서
민의 음식이었다. 학생 때는 서너 명이 막걸리에 감자탕 한 그릇 시켜놓
고 몇 시간을 뭉갰다.

　　본래 감자탕에 있는 뼈에는 뜯어 먹을 고기가 별로 없어 골수까지
쪽쪽 빨아먹었던 것인데, 요즘에는 먹거리가 넉넉해서인지 고기가 적당히
붙어 있는 뼈를 사용해 씹히는 게 쏠쏠하다.

　　뼈를 골 때 나는 잡내를 없애기 위해 마늘, 생강, 고춧가루를 많이
쓰고 여기에 깨(깻잎)를 듬뿍 집어넣는다.

뼈는 골수록 깊은 맛이 나므로 밤새도록 고아야 한다. 밤새 뼈만 고고 있
을 바에야 아예 장사도 하자 해서 24시간 영업하게 된 것이다. 노니 이 잡
는 거다.

감자탕이야 응암동 골목이 유명하지만, 거긴 너무 멀고 그냥 우리 동네에
서 뼈다귀를 뜯어본다.

송편은
운치

송편은 추석 때만 먹는 건 아니다. 그런데 추석이 되면 꼭 먹었다. 그러나 요즘은 추석이 되어도 송편을 거의 먹지 않는다.

송편은 반드시 소나무 이파리가 있어야 만들 수 있다. 그래서 송편(松䭏)이다.
　어렸을 땐 추석이 되면, 뒷산에 올라가 소나무 가지를 베어 와야 했다. 소나무 가지를 질질 끌고 마당으로 들어오면서 나름 명절 행사에 기여한다는 뿌듯함에 어깨가 으쓱했다.
　소설가 박완서는 1951년에 삼선교 근처에 살았다. 그해 추석이 되어 송편을 빚는데, 어른들이 난리 중이라 솔잎을 구할 수 없으니 그냥 베로 된 천을 깔고 송편을 찌자고 하였다.
　그러나 도저히 그럴 순 없어, 소쿠리를 들고 소나무가 무성한 정릉까지 걸어갔단다(전시 때라 그곳에는 지뢰가 매설되어 있고, 공비들이 수시로 출몰했다고 하는데). 소쿠리에 솔잎을 가득 담아 오면서 '솔잎을 안 깔면 운치가 없어서…'라고 했다나, 어쨌다나?

어렸을 때 만들었던 송편은 반죽 덩이를 큼직하게 뜯어 여기에 소를 넣고 마무리한 다음에 손가락으로 꾹꾹 눌러 손가락 자국이 나도록 만들었다. 경상도식 송편이다.
　20대 때에도 송편을 만들었다. 이 송편은 손가락 자국을 낸 송편과는 달리 모시조개 모양으로 참하게 생겨 먹었다. 그렇다고 손가락 자국을 낸 송편이 못생겼다는 건 아니다. 그렇게 만든 것도 정말 잘생긴 것들이 많았다. 할머니가 만든 송편의 모습은 지금도 눈앞에 선하다.

우리 엄마는 송편을 예쁘게 잘 만든다고 명절 때가 되면 나를 찾는다. 만두를 빚을 때도 그랬다.

송편을 예쁘게 만들면 '예쁜 딸을 얻는다'고 하는데, 예쁜 딸을 낳지는 못했지만, 남의 집의 예쁜 딸과 결혼하여 살고 있다. 그 말이 맞는 거 같다.

우리 집에서는 송편의 소로 콩이나 깨를 많이 썼는데, 나는 콩을 좋아했고 형은 깨를 좋아했다.

방금 솥에서 꺼낸 송편을 찬물에 넣어 식힌 뒤, 참기름과 약간의 소금으로 간을 한 육수(?) 비슷한 뭔가를 만들어 여기에 송편을 넣어 휘적거린다.

솔 이파리가 만든 스크래치 가득한 송편을 입으로 가져가면 향긋한 솔 향기와 혀끝에 스치는 참기름의 고소함, 쫀득한 송편 살의 관능성과 살강살강한 콩과 깨의 악센트…. 눈과 코와 혀와 입술과 이빨이 모두 호강한다.

송편은 박완서의 말대로 운치 있게 만들고, 운치 있게 먹어야 한다.

녹두전
제작법

내 아내의 시어머니는 녹두전을 다음과 같이 제작한다. 녹두와 찹쌀을 8:2 정도로 반죽해서 프라이팬에 10cm 이내의 크기로 두툼하게 부친다. 여기에 다진 고기와 김치, 숙주, 고사리 등을 얹고 마지막에 실고추를 얹어 멋을 부린다. 모양새가 다소곳하다. 맛은? 애석하게도 그냥 그렇다.

한편 내 아내가 사랑하는 아들의 외할머니는 녹두전을 다음과 같이 제작한다. 경동시장에서 산 국산 녹두를 좀 거칠게 갈고 여기에 김치 썬 것, 숙주, 양파와 배를 갈아 넣고 반죽한다. 물론 저민 고기도…. 한 방에 다 때려

넣고 뒤섞는다. 이것을 지름 15cm 내외의 크기로, 적당한 두께로 프라이팬에 부친다. 마지막에 고사리나 대파로 마무리한다. 금방 부친 전을 접시에 담아 내오면 수많은 젓가락이 접시로 돌진한다. 그 맛이 가히 '환장적'이다. 보통 녹두전은 고소하긴 해도 좀 퍼석퍼석해서 계속 먹게 되면 목이 갑갑하게 마련이다. 그런데 이 녹두전은 전혀 그렇지가 않다. 씹는 맛이 포슬포슬 하다고 해야 하나? 적확한 어휘가 없다. 상 앞에서 먹는 것보다 구우면서 먹어대는 게 태반이더라.

녹두전을 하도 좋아하여 가열 차게 먹어댔더니 장모님께서 "박 서방, 이거 많이 먹으면 남자한테는 안 좋다네." 그러신다. "아… 안 좋다니요? 전 그런 거 전혀 상관없어요. 오히려 더 많이 먹어야 될 걸요"라며 뻥을 쳤는데, 세월이 흘러 지금 와서 보니 그동안 녹두전을 먹어도, 먹어도 너무 많이 먹었나 보다.

　　한 20여 년 전의 어느 땐가 이러지 말고 힘 합쳐서 빈대떡집과 설렁탕집을 내자고 우겼다. 이 맛있는 녹두전을 우리만 맛보는 것은 죄악이니 여민동락(與民同樂)해야 한다고. 물론 맛있는 녹두전을 실컷 먹고 다른 남정네들도 그 신묘하다는 약효가 작동한다면 더 좋고….

　　그런데 기운이 없어 못하시겠단다. 그리하여 그 후로 그냥 우리끼리만 먹고 있다.

둥근 저 달을 쳐다보면 옛날 그 사람 생각이 나는 게 아니라, 둥근 빈대떡이 먼저 떠오른다.

첫사랑

어렸을 때 먹었던 비빔국수는 이런 식이었다. 물에 삶아 건진 국수에 간장을 뿌린다. 다시 약간의 고추장을 넣고 젓가락으로 휘젓는다. 그리고 참기름. 끝…?

아니다! 마지막 화룡점정, 바로 미원을 뿌려줘야 한다. 간장과 고추장에 비빈 그 헐렁한 국수를, 미원의 느끼한 맛에 의지해 먹는데 어찌나 맛있던지….

맛에 대한 느낌, 그 기억은 지워지지 않는 문신 같다.

당시 '미원'은 모든 음식의 필수 조미료였다. 미원이 너무 잘 팔려, 제일제당에서 경쟁제품으로 '미풍'을 출시했다. 익히 알다시피 별 재미를 못 봤다. 이후 제일제당은 '아이미'라는 걸 또 출시하고 죽도록 광고했지만 역시 그저 그랬다.

한참 지난 후, 드디어 '다시다 + 김혜자'를 내세우면서 제일제당은 조미료 시장의 선두 주자로 올라섰다. 이에 질세라 미원 쪽에서는 '맛나 + 고두심'을 내세웠는데, 며느리가 시어머니를 이겨 먹기는 힘들었다(고두심과 김혜자는 드라마 〈전원일기〉에서 고부간).

요즘은 음식에 조미료를 넣으면 기겁을 한다. 인체에 무해하든 아니든, MSG가 들어간 음식은 구박덩이다. 그리하여 미원이나 미풍은 이제 존재감이 희미해졌고, 다시다나 맛나도 별로 환영받지 못하고 있다.

온 국민이 미원이라면 사족을 못 쓰던 시절이 있었는데, 이제 와서 사정없이 박대하는 것은 어째 좀 미안하다. 이건 라면도 마찬가지다.

살림살이 형편이 좋아지면서 맛에 대한 취향이 변했다. 궁금했던 시절에는 그 독특한 느끼함이 위로가 되었고 맛의 신기원처럼 생각됐지만, 형편이 나아지면서 사람들은 조미료의 천박함과 저속함으로부터 자신을 분리하고 싶어졌다. MSG라는 통일된 명칭을 얻으면서 사람들로부터 서서히 멀어져 갔고 마침내 버림받게 된 것이다.

길을 걷다가 예전에 짝사랑했던 연인을 만나게 되면 퍽이나 반가울까? 이미 당시의 감정적 격정은 오간 데 없고 유치찬란하게 애정 공세를 펼쳤던 그 시절의 모습은 다시 떠올리고 싶지도 않은데? 그리하여 "그때는 그렇게 사랑했던 것은 아니었다"라고 스스로를 기만한다. 그러나 짝사랑의 추억마저 없다면 삶이 얼마나 공허할까?

문득 '미원'을 맞닥뜨리니 이제는 잊어버린 그 옛날의 그녀와 재회한 것 같다.

혀끝에 남은
달콤 쌉쓸함

프랑스 인류학자 레비스트로스의 '변형과
영역 이동' 연구에 따르면 음식은 세 가지
유형이 있다.
날 것, 익힌 것, 발효시킨 것.

날것은 보이는 그대로 자연의 영역이다.
요리는 대부분 날 것을 가공하는 것으로
자연을 문명화시킨 것이다.
모든 것이 자연 그대로일수야 없지만
자연을 마구 바꾼다고 해서 항상 쓸 만
해지는 것은 아니다.
좋은 요리란 자연과 문명의 조화 속에서
만들어진다.

바지에
쓱쓱
문질러

이런 사과는
나무에서 뚝 따서
바지에 쓱~ 쓱 문질러
껍질째로 한입 가득
베어 물어야 한다.

앞니가 껍질을 뚫고 들어갈 때의 느낌은
단순한 맛의 차원을 넘어선다.
촉각을 통해 미지의 자연과 접촉하는 신비로움이다.

입 안 가득 사과물이 좌~악 배어들게 되면
한입만 먹고 끝나지 않는다.
자연이 주는 선물이다.
가을이 왔다고 쓸쓸해질 필요가 있을까?
봄이 오면 사과는 또 열리는데.

왕도탕탕
왕도평평

탕평채는 영화 〈사도〉에서 송강호가 여러 대신들에게 싸우지들 말고 잘 협력하여 국정을 도모하라고 부탁하는 자리에서 등장한다. 동인(東人)을 상징하는 푸른색의 미나리와 서인(西人)을 상징하는 흰색의 청포, 남인(南人)을 상징하는 붉은색의 쇠고기를 볶아서 넣는다. 끝으로 북인(北人)을 상징하는 검은색의 김 가루 고명을 얹는다.

날이면 날마다 당쟁으로 조용할 날이 없으니 급기야 송강호는 소론과 가까워지려는 유아인을 뒤주에 넣어 죽이는 악수를 둔다. 당쟁을 바로잡으려고 아들까지 제물로 바친 송강호는 당파와 관계없이 고루 등용하는 탕평책을 추진한다(송강호에게서 들은 얘기는 아니다).

'탕평'은 "왕도탕탕(王道蕩蕩) 왕도평평(王道平平)"에서 나온 말로, 왕과 가깝다고 쓰고 멀다고 쓰지 않으면 안 된다는 인재 등용의 원칙을 말한다. 물론 오늘날의 대통령은 조선 시대의 왕이 아니니까 굳이 옛날에 있었던 일을 참고할 필요는 없다. 다만 21세기 대한민국에서도 뭔가 의견 조율이 잘 안되면 부암동에 있는 '자하'를 방문해 탕평채를 먹어볼 필요는 있겠다(간접광고).

TV 드라마 〈대장금〉에서 처음 들어 봤던 만한취엔시[滿漢全席].

청에서 온 사신을 대접하기 위해 이영애가 고민했던 음식인데, 이는 만족(滿族)과 한족(漢族) 요리의 엑기스를 결합하고 조화시켜 만들어 낸, 이른바 만한의 짬뽕 또는 퓨전 요리라고 하겠다. 온갖 희귀한 요리가 다 모인 중국 최대의 사치와 럭셔리가 뒤섞인 대연회식으로, 붉은 제비, 백조, 메추라기 등에서부터 제비집, 샥스핀, 검은 해삼, 물고기 부레, 전복 등은 물론 낙타 혹, 곰 발바닥, 원숭이 골, 표범 태반, 코뿔소 꼬리, 사슴 힘줄 등이 들어간다. 또한 야채류로서 원숭이머리버섯, 죽순, 표고버섯 등등이 들어가는데, 엽기, 거의 몬도가네 수준이라고 할 만하다. 그렇다면 만한취엔시를 먹으려면 어디로 가야 하나? 그걸 한번에 먹을 수 있는 곳은 중국에도 없다(아마 없을 것이다). 몇 가지씩 평생에 걸쳐 먹어보는 수밖에 없다. 그러다 보면 나 먹어 보게 되려나?

이 요리는 다양한 요리, 만한 최정예의 선발이라는 의미도 있지만 그 이면에는 중국 대륙을 지배하게 된 만족(청나라)이 다수의 한족을 지배하면서 이질적인 민족 간의 정치적 안정을 위한 쇼 비즈니스, 곧 문화적 통합의 의도가 깔려 있었다.

통합을 지향함에도 조그마한 땅의 조선은 매사 성질이 급해 탕평채 한 그릇 후다닥 먹으면서 순식간에 통합을 기하려 했고, 무지하게 큰 중국 땅에서는 성질 급해 봤자 어쩔 수 없으니 만만디의 정신으로 며칠을 먹어도 다 먹을지 말지 하는 만한취엔시로 통합을 기하려 했다는?

국가의 존망과 관련하여 중국 고대의 법가 사상가 한비자라는 사람의 말도 자주 언급되는 시절인데, 다 옛날이야기일 뿐이다. 나는 기회가 될 때마다 탕평채든 만한취엔시든 맛있게 먹어 주면 되는 거다.

진마파

항저우(杭州)의 송성 부근의 식당

마파두부는? '마늘'과 '파'가 들어간 두부 요리 (×)

어려서 곰보가 된 유(劉)씨 여인은 훗날 진(陳)씨와 혼인하였는데, 사람들
은 그녀를 '진 씨 댁'이라고 불렀다. 그녀는 남편과 시장통에서 장사를 했
는데, 가난한 상인들이 돼지고기와 두부를 사 가져와 그녀에게 요리를 부
탁하곤 했단다.

평소 요리에 재주가 있었던 그녀는 두부와 다진 고기, 매콤한 장(두반장)을 섞어 두부 요리를 해 내놓았는데 그 맛이 좋았다고 하더라.

마(麻)는 마마, 즉 곰보라는 뜻이고 파(婆)는 부인(아지매 또는 할매)이라는 뜻이다. 그러니까 마파두부(麻婆豆腐)는 '곰보 아줌마가 만든 두부 요리'다.

곧 마파두부의 탄생 설이다.

여기 근무하고 있는 이 아지매는 곰보가 아닐지니 지금 요리 중인 이 두부도 결코 마파두부가 될 수 없으렷다.

달콤
쓸쓸
붕어빵

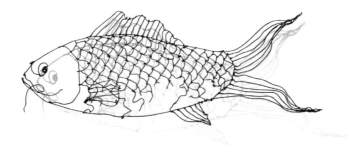

김태성의 「오래된 친구들」

대마도를 갔을 때 다들 카스마키를 산다고 분주했다. 카스마키는 카스텔라(포르투갈에서 유입)를 둥글게 만 것(마키)이다.

겨울철이면 이대 앞 골목에서 팔았던 오방떡은 본래 오방야끼로 오방은 18세기 에도시대(江戶時代)에 통용되던 타원형의 큰 금화를 일컫는다. 그리고 오방떡과 비슷한 국화빵이 있는데 국화는 일본 황실의 문양이다. 다들 풀빵 계열이지만, 우리가 먹던 풀빵의 대표선수는 뭐니 뭐니 해도 붕어빵이다. 붕어빵의 원조 역시 일본의 타이야끼(たいやき)로 '타이'는 일본인들이 귀하게 여기는 생선인 도미를 말한다. 귀한 도미를 사서 먹기 힘드니 대신 빵으로 만들어 먹은 것이다.

빵은 본래 서양에서 먹던 것인데, 근대기에 일본으로 들어와 일본식의 팥 앙금이 들어가 독특한 형식으로 발전했다. 서양의 와플과 동양의 만두가 결혼한 셈인데, 우리가 먹는 앙꼬빵 계열은 대부분 여기서 유래한 것이다. 모두가 서민들의 기복(祈福)과 원망(願望)이 담긴 키치(kitsch) 음식이다. 일제 강점기를 통해 이러한 것들이 유입되어 탄생한 것이 경주 황남빵, 천안 호두과자 등이다. 요즘 잘나간다는 붕어빵 카페 '아자부'는 도쿄의 '아자부 주반'에서 딴 이름으로, 야구선수 출신의 장○○ 씨가 설립해 운영하고 있는데, 성공한 비즈니스 모델로 소개되고 있다.

광복 70년이라고 하지만 여전히 일본 문화의 영향은 계속된다. 난 그다지 국수적이지는 않다. 다만 달콤한 붕어빵을 먹으면서 기분은 약간 씁쓸하다.

폐물

여러 해 전이다.

업무로 알게 된 사람이 귀한 것이라고 북한산 자연송이를 선물하였다.

즉 폐물(幣物, 감사와 예의로 주는 물품)이라고 하겠다.

집에 돌아와 박스를 뜯었더니, 송이가 짓무르고 약간 곰팡이도 피어 있더라.

폐물(廢物, 못 쓰게 된 물건)이었다.

어느 해 늦가을 작은 박스 하나를 받았다(김영란 법에 저촉되지 않는).

더치커피다.

집에 와서 풀어보니 '제작일자 2015년 1월 31일 / 유통기간 3개월'

또 폐물이다!

그즈음에 마시면 좋았을 커피를 그 사람은 어디에 묵혔다가 내게 폐물을

처리한단 말인가?

나도 폐물이 된 것이다.

하수구에 콸콸 쏟으면서 그 사람에 대한 마음도 같이 쏟아버렸다.

시래기와
우거지

시래기와 우거지는 엇비슷한 의미로 사용된다.

시래기는 무나 배추 잎을 말린 것을 말하는데, 얼핏 생각하면 쓰레기
가 떠오른다.

      우거지는 '웃 + 것'이란 뜻으로 윗부분이나 겉부분을 말한다. 야채
나 푸성귀의 겉부분은 품질이 떨어져 떼어 버리는데, 그냥 버리기 아까우
니 이것을 말려 활용하는 것이다.

여하튼 시래기나 우거지는 별 효용성 없는 겉 부분, 껍데기, 자투리, 찌꺼
기를 일컫는다.

그런데 이걸 멸치를 듬뿍 넣고 푹 끓이면 아주 맛이 좋아진다. 줄에 걸린 채 나날이 말라 가는 무청을 보니 가을이 깊어가는 모양이다.

'껍데기는 가라고?'

껍데기 없는 알맹이가 있기라도 하단 말이냐? 하루하루 푸른빛을 잃어가는 무청 같은 신세, 비록 껍데기로 바뀌었지만 나도 한때는 누군가의 희망이었고 미래였다. 혹시라도 나의 진가를 알고 싶다면 멸치 한 주먹 넣고 푹푹 삶아 보시라!

생일날
제삿날

생일날과 반대라 할 제삿날은 결코 축하하지 않는다. 슬퍼하고 되새기는 날일 뿐이다. 제사는 인간이 통제할 수 없는 죽음이라는 영역에 대한 경외심에서 비롯되었다.

기실 모든 종교는 조상숭배와 외계의 신비에 대한, 영성의 구체화되고 사회화된 형식이다.

신앙과 종교는 결국 죽음(유한성) 때문에 존재할 수 있다.

축하는 좋은 일이 생겼을 때의 기쁨과 희열을 증폭시키고 이를 지인들과 함께 나누는 일종의 집단적 착란상태다.

생일을 축하한다는 것은 이 세상에 온 것을 기뻐하는 것일 테고, 해마다 이를 반복한다는 것은 나이가 들어감을 기뻐(?)하는 것일 테다. 아니면 여전히 이승에서 숨 쉬고 있음을 다행이라고 생각하는 것이거나. 어쨌거나 생일파티는 살아있음과 관련된 제도요, 종교요, 문화다.

결국 제사든 생일파티든 살아남은 자들의 푸닥거리일 뿐이다. 즉 살아있음으로써 그 푸닥거리에는 반드시 살아있음을 지속시키고 축복하는 요소(먹을 것)가 등장한다. 그것도 푸짐하게.

이즈음 생일 파티(생일제)는 제사(죽음제)에 비해 적극적이고 화려해졌다.

그러나 생일 파티는 아직도 제사만큼의 정교하고 세련된 형식미를 갖추지는 못했다. 어설픈 근대성일 뿐, 형식의 측면에서 생일 파티는 아직

규범화가 덜 되었다.

"생일 축하한다"는 말을 들으면 의례히 "고맙다"는 답변을 해야 하는데, 난 이게 늘 어색하고 뭔가 모순이라는 생각이 든다. 도대체 뭘 축하한다는 말인가? 여전히 살아있음을, 또는 태어난 이후 지속적으로 죽어감을 축하한다? 그래서 고맙다?

　　그렇지만 나는 여전히 생일이 되면 무슨 선물이나 축하 이벤트가 있지 않을까 기대하는 살짝 비겁한 인간이다.

벽에 걸린
생

바싹 마른 옥수수, 습기가 거의 0%다.

벌레나 곰팡이가 생길 여지가 없으니 인테리어 소품으로도 손색이 없다.

말라빠져 쪼그라든 이 옥수수 알도 봄이 되어 파종을 하면 싹이 튼다는

사실. 경이롭다.

보통 종자용 씨앗은 냉동실에 보관한다.
냉동 보관된 씨앗은 봄이 되어 땅에 심으면 이변이 없는 한 무조건 싹을 틔운다.

팔딱팔딱 뛰어다니는 개구리도 급속 냉동시켰다가
따뜻한 물에서 서서히 녹여주면 다시 팔딱거리면서 뛰어다닌다.

죽은 듯 움츠리고 있지만 기회가 되면
어김없이 자신의 존재를 드러내는 생명의 신비!
긴 침묵 속에서도 쉬지 않고 그날만을 기다린다.

생명은 기다림과 견딤이다.

소는 살고
말은 죽는다 [牛生馬死]

커다란 저수지에 말과 소가 빠지면 둘 다 헤엄쳐서 뭍으로 나온다. 말이 헤엄치는 속도가 훨씬 빨라 소보다 빨리 땅을 밟는데 네발 달린 짐승이 무슨 헤엄을 그렇게 잘 치는지 신기하다.

그런데, 장마가 져 큰물에 휩쓸리게 되면 이야기가 달라진다. 갑자기 불어난 급류에 말과 소가 빠지면, 소는 살아서 나오는데 말은 익사한다.

헤엄을 잘 치는 말은 본능적으로 강한 물살을 거슬러 헤엄쳐 올라가려 한다. 1m 전진하다가 물살에 밀려 1m 후퇴하기를 반복한다. 20~30분 정도 헤엄치면 제자리에서 맴돌다가 지쳐서 결국 익사해 버린다.

이에 반해 다소 둔한 소는 물살을 거슬러 올라가지 않는다. 그냥 물살에 휩쓸린 채 같이 떠내려간다. 저러다 죽지 않을까 생각하지만⋯. 10여 m 떠내려가는 와중에 1m 정도 강가로, 또 10여m 떠내려가다가 또 1m 정도 강가로. 그렇게 몇 백m를 하염없이 떠밀려가다가 어느새 강가의 얕은 모래밭에 발이 닿고 나서야 엉금엉금 걸어 나온다.

잘 산다는 것은 헤엄을 잘 치는 것이 아니라 마침내 뭍에 이르는 것이다. 힘 빼고 적당히 둥둥 떠밀려 사는 인생에 경의를⋯.

오늘 점심은 살아남은 자의 고단함을 위로하는 차원에서 소고기 샤부샤부를 먹어줘야 할 듯.

끼니

끼니는 어김없이 돌아왔다.

지나간 모든 끼니는 닥쳐올 한 끼니 앞에서 무효였다.

먹은 끼니나 먹지 못한 끼니나, 지나간 끼니는 닥쳐 올 끼니를 해결할 수 없었다.

끼니는 시간과도 같았다.

무수한 끼니들이 대열을 지어 다가오고 있었지만,

지나간 모든 끼니들은 단절되어 있었다. 굶더라도, 다가오는 끼니를 피할 수는 없었다.

끼니는 파도처럼 정확하고 쉴 새 없이 밀어닥쳤다.

끼니를 건너뛰어 앞당길 수도 없었고 옆으로 밀쳐낼 수도 없었다.

끼니는 새로운 시간의 밀물로 달려드는 것이어서 사람이 거기에 개입할 수 없었다.

먹든 굶든 간에, 다만 속수무책의 몸을 내맡길 뿐이었다.

끼니는 칼로 베어지지 않았고 총포로 조준되지 않았다.

－김훈,『칼의 노래』에서

또 한 끼니가 빚쟁이처럼 문지방을 넘어오고 있다.

이건 정말
참을 수 없다

구내식당이 싫은 몇 가지 이유

반찬으로 콩나물무침이 있는데, 국도 콩나물국이다.

볶음밥에 반찬으로 단무지가 나오는데 비슷한 깍두기가 같이 나오는 건 뭐지?

점심때 나온 반찬이 저녁때 또 나왔다 (반가워해야 하나?).

동그랑땡 '1인당 3개씩'이라는 안내문이 있다 (키 182cm에 체중 80kg인 건장한 최 군이나 157cm에 45kg인 가냘픈 김 양이나 3개씩이라고?).

식판 들고 앉을 자리가 없어서 식당 안을 두어 바퀴 돌 때….

메뉴가 비빔밥인데 왜 달걀 프라이는 안 주는 거지? (이건 정말 참을 수 없다!)

비린내는
고등어

'비린내'라고 하면, 일단은 썩 좋지 않은, 그리하여 피하고 싶은 느낌이다.

그러나 비린내를 빼고 고등어나 꽁치 같은 생선을 얘기한다면 그 느낌을 어찌 다 표현할 수 있을까?

출출하고 마음마저 흐릿한 날, 고등어구이 집 골목길을 들어설 때 바람에 실려 오는 비린내는 코로 느끼는 최상의 맛이다. 이런 걸 공감각이라고 하나?

'향'이라고 하면, 일단은 그리운, 그리하여 가까이하고 싶은 느낌이다.

어린 시절에 손위 누이나 이모를 따랐던 것은 그녀들의 상큼한 살 냄새나 옅은 분 냄새에 끌렸기 때문일 것이다.

어른이 되어서도 여인의 향기에 대해 거역하지 못하는 쏠림 증세는 그 옛날의 어렴풋했던 그 내음에 대한 회귀적 본능, 그리움, 조건반사일지도 모른다.

그런데 혹시 통통한 고등어에서 분 냄새가 난다면? 누이의 하얗고 보드라운 피부에서 비린내가 난다면?

사람도 장사하는 사람, 공부하는 사람, 각기 자신의 냄새가 나는 것은 전혀 이상할 것이 없다. 각자의 직분대로 향을 피우면 된다.

그런데 학자라고 하는 이가 탁한 눈빛에 번지레한 말투를 보이는 것은 보기가 싫다.

자기 직분에 어울리지 않는 모습에서 우리는 비린내를 맡게 된다. 자기에게 어울리는 향기를 가진 사람을 더 좋아하는 이유이기도 하다.

요리보다
설거지

어금니 사이에서 분쇄되는 동물들의 살, 혓바닥을 마사지하며 스며드는 새콤한 소스,

앞니 틈새에서 사각대는 오이, 시각을 잔뜩 교란하는 빨간 고추, 코끝을 간질이는 후춧가루 등등을 가지고 무엇인가 의미 있는 것을 편집해 내는 기술, 요리다!

창의적인 사람이라면 도전해 보고 싶은 분야. 요리는 많은 이들을 기쁘게 해 주는 디자인이다. 맛과 멋을 지어내는….

잔해가 된 양파 껍질이나 물에 불은 멸치 대가리를 골라 버리고, 팽개쳐진 도마와 식기, 걸쭉한 양념 국물을 닦고 물에 헹궈 사용하기 편하게 개수대에 정리하는 것, 설거지다!

그리하여 설거지도 디자인이긴 한데, 즐거워하는 이가 많지 않다. 지저분하고 생색 안 나는….

요리가 없다면 세상은 필시 지금보다 퍽이나 덜 즐겁고, 덜 풍요로울 것이다. 그러나 설거지가 없다면 결코 품격 있는, 아름다운 세상은 될 수 없을 것이다.

요리는 선두에 서며 주목받을 수 있는 디자인이다. 설거지는 후미에 서서 다음을 예비하는 '보이지 않는 디자인'일 뿐이다. 작금의 디자인은 선두, 빛나는 자리를 열망한다.

난 요리 실력이 뛰어나지 못하니 설거지나 할 거다.

오스카 와일드에게
경의를 표하며

○   어릴 때는 인생에서 먹는 것이 가장 중요하다고 여겼다. 나이가 들고 보니 그것이 사실이었음을 알겠다.

○   삶에는 두 가지 비극이 있다. 하나는 먹고 싶은 것을 먹지 못하는 것이고, 다른 하나는 먹기 싫은 것을 먹는 것이다.

○   유익함과 유해함으로 음식을 구분하는 것은 말도 안 된다. 음식은 맛있거나 맛없거나 둘 중 하나다.

PS.
19세기 유미주의를 대표하는 작가 오스카 와일드는 다음과 같이 말했다.

○   젊을 때는 인생에서 돈이 가장 중요하다고 여겼다. 나이가 들고 보니 그것이 사실이었음을 알겠다.

○   삶에는 두 가지 비극이 있다. 하나는 원하는 것을 갖지 못하는 것이고, 또 하나는 원하는 것을 갖는 것이다.

○   선과 악으로 사람을 구분하는 것은 터무니없다. 사람은 매력적이거나 지루하거나 둘 중 하나다.

따라
하기

파에야(Paella)

피카소가 1957년에
그린 시녀들(Las Meninas)

스페인 음식 하면 생각나는 게 '파에야' 밖에 없다. 고기 종류는 거의 기억 나지 않는다. 파에야는 스페인의 대표적인 요리라고 하겠지만 엄밀하게 말해서는 발렌시아 지방을 대표하는 음식이다. 프라이팬을 발렌시아어로 파에야라고 한다. 파에야는 프라이팬에 쌀과 고기나 야채, 해산물을 넣고 볶은 밥이라고 이해하면 되는데, 더 자세히 알고 싶다면 인터넷을 뒤져보면 될 것이다.

요즘엔 서울 시내에서 스페인 식당도 심심찮게 보인다. 처음 가봤기에 이모저모 간을 봐야 하니 당연히 정식(코스)을 시켰다. 앞에타이저, 본디쉬, 뒤저트 등 나름 형식과 모양을 갖췄다. 게다가 와인도 곁들였다. 이렇게 먹는다고 하여 정확한 스페인식인지는 잘 모르겠다. 다만 스페인에서 먹는 파에야가 짭짤하다고 해서 서울에서 먹는 것도 꼭 그래야만 하나 하는 생각은 든다. 어차피 그곳을 떠나 서울에서 먹는다는 것 자체가 이미 스페인식이 아닐 진데…. 서울의 입맛에 맞게끔 바꿔주면 안 될까? 좀 덜

짜게 말이다. 어설프게 원조타령 하다가 이도 저도 아닌 맛을 내지 말고 차라리 현지에 맞게끔 변신을 해다오. 얼마 전 프랑스 식당에서도 이 비슷한 느낌을 받았는데…. 현지화, 토착화! 민주주의만 한국적으로 할 게 아니라 음식부터 한국적으로. 그게 아니면 철저히 오리지널리티를 살리던가.

식당 벽면에 피카소의 「시녀들」이 걸려 있다. 이 그림은 마드리드의 프라도미술관에 있는 벨라스케스의 「시녀들」을 따라 그린 것이다. 이것을 좀 그럴듯하게 표현하면 오마주라고 한다.

　　피카소는 벨라스케스의 그림을 수차례 오마주하면서 이를 분석·실험하여 마침내 자신의 독보적인 조형 문법인 큐비즘으로 풀어냈다. 모방으로 시작되었던 그의 그림은 지금은 바르셀로나 피카소미술관에 당당히 걸려 있다. 피카소는 이 외에도 들라크루아의 「알제리의 연인들」이나 마네의 「풀밭 위의 점심」 등 많은 작품을 모방했다. 이 때문에 그는 '모방 작가'라는 말을 듣기도 했다. 그렇다고 피카소의 명성이 줄어든 것은 아니었다.

혁신이나 창조를 배태하고 있을 때라면 모방은 그 의미가 심장해진다. 혁신이나 창조에 다가설 자신이 없다면 진득하게 모방만 해도 된다. 제대로 모방하는 것도 결코 쉽지 않다. 완벽할 정도의 모방에 이른다면 우리는 그를 귀신(장인)이라고 한다. 예술가라고 하지는 않겠지만….

　　완벽한 장인을 지향할지, 혁신적인 예술가를 지향할지는 각자 알아서 하면 된다. 음식이나 요리도 그럴 것이다.

판단

1) 아주 나쁜 방법 : 특정한 사람의 말을 듣고 그를 판단한다.

2) 보통 나쁜 방법 : 여러 사람의 말을 듣고 그를 판단한다.

3) 조금 나쁜 방법 : 내가 직접 겪어본 바대로 그를 판단한다.

4) 그렇다면 좋은 방법은?

위에서 말한 나쁜 방법을 다 합치면 된다. 그러다가 나쁜 방법의 종합선물세트가 되는 건 아닐까?

나의 경험을 최우선으로 하되, 여러 사람의 말을 듣고, 특정한 사람의 말도 참고하여 그 사람을 판단하면 될 것이다.

특정한 사람은 전문성이며, 여러 사람은 보편성이며, 나는 고유성이라고 하겠다. 나의 고유성은 그 어느 것보다 중요하다. 내가 인식하는 세계이기 때문에 나의 관점은 우선되어야만 한다.

그런데 이 말 같지도 않은 말을 하기 위해 왜 이리도 쌍구를 굴리고 있는 거지?

.

.

.

.

아 생각났다! 음식의 맛도 그럴 거라는 얘기다.

맛에 대한 기준은 미식가의 의견도 참고하고 주변 사람의 의견도 들어봐야 하겠지만, 결국 내 입맛에 맞는 것이 최고라는 말씀이다.

시여
침을 뱉어라

흡연자치고 담배가 해롭다는 걸 모르는 사람이 있을까? 매일매일 온 몸으로 치열하게 경험한다. 과거 70~80년대에는 식당은 물론 버스나 열차, 사무실은 물론 다방에서도 담배를 피웠다. 어떤 선생님은 강의실에서 슬라이드를 보여주며 연신 담배 연기를 내뿜으며 열강을 했다. 환등기의 불빛을 따라 뽀얗게 가물대던 연기의 실루엣은 빛바랜 사진처럼 아련하다.

　　시가를 즐겨 피우는 영국의 총리 처칠은 담뱃재를 털지 않고 얼마나 오래 피울 수 있는지 장난을 쳤다고 한다. 공초 오상순은 꽁초 담배를 즐겼다나 어쨌다나? 우리의 수사반장 최불암은 사건이 꼬이기 시작하면 담배부터 꺼내 들었다. 트렌치코트에 중절모, 손가락에 담배를 끼운 채 흑백의 표정을 짓고 있는 까도남 험프리 보가트. 시대를 온몸으로 버거워했던 '시여 침을 뱉어라'의 김수영 시인의 담배 씹는 모습. 경제 개발로 땀 흘리던 대한민국 근대화의 숱한 역군들에게 잠깐의 휴식이자 위안이 되었던, 땀과 피로에 쩐 논산 훈련병들에게 한 줄기의 안식이자 행복이었던(한 까치 담배도 나누어 피우고~).

　　그렇게 담배는 낭만이나 멋, 우수 등을 상징했다. 모두 그렇게 조장했고 방관했었다.

담배를 처음 배울 때 국가나 공공기관의 도움이나 권유는 없었다. 물론 적극적인 만류도 없었다. 우리 모두 저 혼자, 스스로의 책임하에 담배를 배웠

다. 제 돈 들여, 저 홀로 콜록거리면서. TV 프로그램이나 영화에서도 담배
피우는 장면은 대체로 멋있는, 긍정적인 이미지로 포장됐다. 그렇게 세월
이 흐르고 흘러 지금은 담배가 해로우며 공공의 적이라는 걸 절실히 깨닫
게 되었지만 쉽게 끊어내질 못하고 있다. 당혹스럽고 한심하면서도 짜증
난다. 약간은 억울하기도 하다.

　　　급기야 당국이 가격을 왕창 인상해서 흡연율을 줄이고 국민건강을
지키겠단다. 금연 지역도 점차 확대하겠단다. 당국이란 늘 그렇듯 약자에
게만 으름장을 놓는다. 근본적으로 금연할 수 있는 제도 마련이나 클리닉
에 대해서는 별 관심이 없어 보인다. 나중에 언젠가 세수가 또 필요하다면
국민건강을 빙자하여 담뱃값을 또 올려야 할 거다. 그러니 제발 담배 끊지
말고 계속 피우고 있으라는 얘기!

보건복지부의 '국민건강을 생각해 담뱃값 인상' 발표와 관련하여,
"용왕님, 토끼 간 씹다가 어금니 부러지는 소리"_ 이외수 (소설가)
"과도한 흡연은 치명적이다? 밥도 많이 먹어봐라. 죽는다."_ 김태식 (지금
은 해직된 기자)
당국의 말씀이 대중의 이바구를 반도 못 따라온다.

개판오분전

개들은 밥 먹을 때가 되면 침을 질질 흘리며 날뛴다. 러시아의 생리학자 파블로프도 이런 개 같은 성질을 이용해 자신의 학설(저 유명한 조건반사)을 완성했다.

사람도 밥때가 되면 정신없어지긴 마찬가진데, 그 사람에 대한 수준을 알고 싶으면 같이 밥을 먹어보거나, 여행을 해보면 알 수 있다고도 한다.

'개판 친다'에서의 개는 '개(犬, 견)', 멍멍이를 말한다.

'개판(開飯, 키이판)'은 중국어로 '식사 시작'이다.

6.25사변 때, 많은 피난민들이 낙동강을 건너 부산으로 모여들었다. 이렇게 모여든 오갈 데 없는 사람들을 위해 무료급식소를 설치하고 여기서 밥을 지어 배급했는데, 솥뚜껑 판을 열기 5분 전쯤에 "개판 오분전! (開版 伍分前)"이라고 외치면 굶주린 피난민들이 서로 먼저 먹겠다고 몰려들면서 난장판이 되었다.

진짜 '개판 오분전'이 되는 것이다.

개판 오분전에는 개판 치지 말고 차분하게!

버들국수

길거리에서 말리고 있는 버들국수　　　　　　예산시장

충남 예산 시장통에 국수 공장이 있다. 공장이라고 했지만, 안으로 들어가면 기계라고는 딱 한 대밖에 없다. 이 기계로 뽑은 면발을 자연 바람과 햇빛에 말리는 거다.

　　　버들국수라!　물가에 심은 버드나무같이 국수 면발이 바람에 일렁인다 하여 버들국수…?

　　　주변이 시장이고 차들의 왕래가 잦아 공기가 맑을 리 없지만, 하얀 면발은 대충 순결해 보인다. 늘 그렇듯 유난 떠는 깔끔함보다 이런 식이 더 맛있다는 것은 경험을 통해 터득한 진리다.

국수 공장 바로 옆에 식당이 있다. 공장과 식당은 같은 재단 소속인 듯하다.

비빔국수는 새콤, 달콤, 매콤, 쫄깃하고 물국수(잔치국수)는 멸치국물로 맛을 내 구수하다. 사실 잔치국수라는 게 별맛이 없는 건데 먹어 본 중에 수작이라고 하겠다.

디저트는 시장통을 돌아다니면 지천이다. 국화빵, 셈베이, 오꼬시, 호떡, 어묵, 구운 노가리 등. 시골 시장에 오면 뭐든 싸고 풍성! 부자가 된 기분이다.

슴슴
시원
구수

이 집은 오후 4시부터 입장 금지인데 오후 2시 30분쯤에 도착했다. 기다리
는 손님이 여남은 명이 넘을 듯. 포스트잇에 47번이라 쓰인 번호표를 받았
다. 30분 정도 기다리란다.

　　으… 배고픈데.

보말은 바다고동을 제주 말로 그리 부르는데, 횟집에 가면 스키다시로 자
주 나오는 것이다.

　　평소 사무실 근처에 자주 다니던 제주식당이 있었는데, 어느 날 들
렀더니 다른 곳으로 이사가버렸다. 고등어조림, 갈치조림, 보말칼국수를
즐겨 먹었는데, 어찌나 섭섭하고 안타까운지.

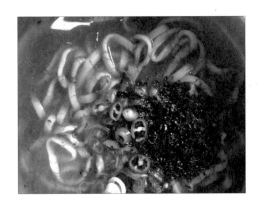

얄비리한 보말+매생이 지짐은 상큼한 바다 내음과 고소한 기름 맛을 입술 끝에 남겨놓는다.

보말이라는데 칼국수의 색깔이 푸르딩딩한 것은 매생이를 바탕화면으로 쓰고 보말을 메인 프로그램으로 써서 그런 거다.

여기에 차~알진 면 빠~ㄹ. 생각만 해도 흐뭇해져서 입꼬리가 말려 올라간다.

그렇다고 이 칼국수에서 풍성하고 깊고 진한 맛을 기대하면 안 된다. 대체로 슴슴하고 시원하고 구수하다. 제주의 서민들이 평소 먹었던 보통의 음식이다.

사누키
우동

예로부터 소맥, 소금, 마른멸치, 간장 등은 사누키 국(현재의 가가와 현)의 특산물이었다. 일본에서 1년에 230그릇으로 1인당 우동 소비량이 가장 높으며, 인구 대비 우동 가게가 가장 많은 곳이 가가와(香川) 현이다. 두 집 건너 한집이 우동 가게라 할 만큼 우동 집이 많지만 대충 아무 집이나 들어가서 먹어도 웬만큼 맛있다. 사누키 우동의 대표적인 특징은 면의 식감이 탱탱, 쫄깃하다는 것이다. 약 천여 년의 역사를 이어 온 사누키 우동은 엄격한 제작 기준이 있다. 일단 가가와 현 안에서 만들어야 하고 반드시 수타 제조법이어야 하며, 물과 소금이 적정한 비율이어야 하고 최소한 2시간 이상 숙성시켜야 한다는 원칙이 있다.

가가와 현의 다카마츠 시에 있는 대규모 우동 전문점인 야마다야(山

田家)는 본래 양조장이었던 건물을 1978년에 재단장하여 개업한 것이다. 건물 내부에 들어서면 이 건물이 얼마나 유서 깊은지를 알려주는 명판이 붙어 있다. 실제로 다카마츠 지역은 우동만이 아니라 일본주를 빚는 양조 기술로도 유명한데 수백 년의 역사를 자랑하는 양조장이 지금도 성업 중이다.

이 동네에서 흔히 먹던 우동이 '사누키 우동'이라는 명칭으로 상품화된 것은 1960년대 이후다. 지금은 우동을 찾아다니며 먹는 우동 투어 버스가 있고 현지인들이 좋아하는 가게들로 안내하는 우동 택시도 있을 정도로 우동이 유명하다 보니 이곳을 우동현이라고도 부른다. 우동현이라! 참으로 멋진 별칭이다.

요사이 일본 우동 집을 따라 우리나라에도 사누키 우동이나 야마다야라는 명칭을 사용하고 있는 우동 집들이 생겼다. 그러나 우동현을 만든 우동현 사람들에게서 가져와야 할 것은 그들의 명칭이나 그들의 재료나 그들의 기술이 먼저는 아니다. 자신들의 고장을 우동현으로 만들어가는 그들의 지극한 마음과 신실한 삶의 태도가 먼저여야 할 것이다.

에~잇
도루묵

선조 임금이 "에~잇 도루 묵!" 했다는 그 도루묵이 주문진항 수산시장에서 30마리에 1만 원이다.

방파제에 가면 도루묵을 잡는다. 잡는다기보다는 바닷물에 통발을 던져 그냥 막 건져 올린다. 별 기술이 필요 없다. 사지 멀쩡하면 도루묵 어업은 가능하다. 한번 던지고 건져 올리기까지는 10여 분이 채 안 걸린다. 한 번에 잡히는 양은 20~30마리. 30분 남짓이면 아이스박스 하나를 가득 채운다.
　　이런 얘기도 있다. 암도루묵을 미끼로 써서 통발을 놓으면 숫도루묵을 엄청 잡는단다. 도루묵이야 뱃속에 알이 꽉 차 있어야 제맛인데 숫도루묵 잔뜩 잡아봐야 뭔 소용이 있을까마는.

　　암놈인지 수놈인지 알 길이 없지만, 방파제 옆에서는 도루묵 70~80마리 정도 담긴 박스를 1만 원에 가져가라고 한다. 참고로 투망은 1만 원, 아이스박스는 1천 원이면 살 수 있다.

이 도루묵을 굽고 지지고 끓여 동네 사람들이 둘러앉아 점심을 먹는다. 우리도 식당에 들어가 도루묵구이를 주문했다. 10마리 2만 원. 이문이 엄청나다.

냉커피

책상 위에 냉커피만 석 잔이다. 아침에 산 커피 하나, 점심식사 후 일행이 사준 커피 하나, 오후에 누가 왔는데, 또 냉커피를 사와 책상 위에 두고 갔다. 이걸 언제 다 마시나?

여러 해 전 에어컨이 고장 났다. 서비스센터에 연락했더니 며칠 후 기사가 출장을 나왔다. 그날은 엄청 더웠는데, 그 기사는 아파트 10층의 창문 밖에 매달려 긴 파이프 호스를 새로 설치하고 부품을 조이는 등 오랫동안 작업을 했다. 땀을 뻘뻘 흘리면서 말이다. 얼음을 넣은 냉커피를 한잔 타 드렸더니 연신 고맙다며 인사를 한다. 드디어 에어컨에서 시원한 바람이 쏟아진다.

그런데 사나흘이 지나니 그놈의 에어컨이 또 작동이 안 된다. 다시 서비스센터에 전화를 걸어 다소 퉁명스럽게 항의를 했다. 주말에 기사가 다시 왔는데 지난번 그 사람이다.

"이거, 죄송하게도 또 오시게 했네요?"

"아니, 아니요. 제가 실수해서 그런 것이니 제가 다시 와야죠. 지난번에 타 주신 냉커피가 너무 맛있었는데 오늘도 한잔 마실 수 있나요?"

"아… 예. 지난번보다 더 맛있게 타 드릴게요."

이 아저씨 또 땀을 비 오듯 흘리며 작업을 한다. 작업을 마친 뒤, "제가 잘못 작업해서 고생하셨죠? 정말 죄송합니다. 혹시 또 말썽부리면 서비스센터에 연락하지 마시고 저한테 바로 연락주세요." 하면서 핸드폰 번호가 적힌 명함을 주고 갔다. 이후 에어컨은 잘 돌아간다.

그 기사는 S사의 직원이었고 우리 집 에어컨은 L사 에어컨이다. 이런 게
프로 아닌가?

빌딩 위에
걸린 달

추석을 앞둔 가을날, 햇빛과 바람이 좋다. 수확(사냥이 아닌)한 것들을 펼쳐놓고 모두 모여 먹고 마시고 노래 부른다. 추수감사제다. 명절 연휴가 시작되면 멤버들이 고향으로 모여든다.

추석은 농경 기반의 문화권에서 유래하여 거의 전 국토가 도시화된 이곳에서 여전히 그 관성의 법칙을 이어가고 있다. 이러한 관성을 전통문화라고 한다.

경작과 추수를 해본 적이 없는 이들에게도 추석은 여전히 같은 추석일까?

빌딩 위에 걸린 달을 보고 개봉관에 가서 블록버스터 한 편을 감상하는 명절, 복잡하고 분주한 도시에서의 사냥에 지친 현대인들을 위한 축제는 어떻게 마련되어야 할까?

도시의 사냥꾼을 위무하고 치유하는 축제 또는 그 어떤 형식이 필요하리라.

이미 사라져버린 박제화된 추수감사제, 귀향길 고속도로에 시간을 바치는 명절, 그럼에도 전통문화의 보존, 계승이라는 자기 최면이 있다면 충분한 것일까?

명절은 해마다 되풀이되고 있지만 지금의 우리가 제대로 된 명절을 보내고 있는지…?

로스케를
무찔렀다

일제 원조 정로환

국산 정로환

계절에 맞게 부화뇌동하느라 도다리쑥국을 주문했다.

　　서비스로 회 두어 조각, 초밥 두어 개, 김밥에 가자미식해, 굴전(도다리쑥국 달라 그랬더니).

　　과식으로 숨이 차다. 집에 와서 정로환 4알 복용.

교토의 어느 골목 카페에서였다.

　　"저는 외국 여행할 때 배탈이 잘 나서 꼭 정로환을 가지고 가는데 이 약이 저한테는 잘 맞는다. 정로환은 러일전쟁 때 개발된 것이다. 일본군이 북쪽의 낯선 땅에서 위생상태도 좋지 않은 채 물도 갈아 먹고 하여 자꾸 배탈이 나서 똑바로 전투를 할 수 없었다. 그래서 일본 육군성이 부랴부랴 배탈약을 개발했는데, 그 약을 먹고 씻은 듯이 나아 전쟁에 이겼다. 즉

로스케(러시아)를 정복한 약, 정로환(征露丸)이 되었다"라는 요지의 말을 끝내는 순간 주변에서 열화와 같은 야유가 쏟아졌다. 에이! 웃기지 마라, 뻥 까고 있네! 등등.

그런데 옆에 계시던 분이 얼른 인터넷을 뒤져 보더니 '맞다!'고….

본래의 이름은 征露丸이었지만 지금은 正露丸으로 사용한다. 정벌했다는 뜻의 글자를 계속 쓸 수는 없었을 테니까. 우리나라 동성제약(보령제약 등)에서 기술제휴해서 국산 정로환을 개발했는데 원조는 일제다. 여행이 끝날 때 모두가 정로환을 한 두통씩 사가지고 왔다는 후문이….

PS.
정로환은 주로 감염성 배탈·설사에 사용한다. 감염성이 아닌 경우에는 효과가 없다. 일반적으로 찬 것 먹고 설사를 한다든지, 감기 기운이 있으면서 설사를 한다든지, 만성 설사의 경우 등에는 정로환이 별 효과가 없다. 물론 과식에도 그렇다. 요즘엔 진통제를 겸한 배탈약이 좋은 거 많이 나오니까 약사한테 잘 물어보고 사 먹는 게 좋다. 약은 약사에게, 진료는 의사에게.

사바사바

난 별로 회를 좋아하진 않는다. 그렇다고 스테이크 따위를 좋아하는 것도 아니다. 아마도 어렸을 때부터 자주 먹어봤던 음식이 아니어서 일 것이다.

그러나 일식집이나 초밥집에 가면 시메사바(しめさば)가 있는지를 묻는다. 시메사바는 고등어(사바)를 초절임으로 숙성시킨 것이다. 이것을 고노와다(このわた, 해삼창자 젓)에 찍어 먹으면 제격이다.

고등어는 등 푸른 생선으로 오메가3 지방산(착한 콜레스테롤)을 다량 함유하고 있어 머리를 맑게 해 주고, 노화나 질병 예방에 탁월하다고 알려져 있다.

일제강점기 때는 고등이가 꽤 귀한 생선이었다고 한다. 그래서 인사치레로 고등어 두어 마리를 가져갔다고 한다. '사바사바'를 들고 간다.

국어사전에 따르면 '사바사바 [sabasaba]'는

'겉으로 드러나지 않게 은밀한 뒷거래를 통하여 떳떳하지 못한 방법으로 문제를 해결하거나 일을 조작하는 것을 속되게 이르는 말'로 풀이하고 있다.

고조다(高助多)는 고구려 장수왕의 장남이자 광개토대왕의 손자다. 그는 실력도 있었고 왕위 계승 서열도 1순위였지만, 아버지 장수왕이 너무 오래 살아(98세) 아버지보다 먼저 죽고 말았다. 오죽하면 그 아버지를 오래 산 왕(장수왕)이라고 했을까? 영국의 찰스 황태자도 어째 불안하다. 당연히 자신의 것임에도 이를 취하지 못했을 경우 고조다의 이름을 따 '쪼다'라고 한다.

난 사바만 좋아하고 사바사바는 좋아하지 않아 쪼다로 산다.

고등어
열전

고등어를 좋아하여 구이에서부터 조림, 회(주로 시메사바)가 보이면 일고 의 여지없이 덤벼든다. 김치찌개에도 고등어 통조림을 넣고 끓여주면 대충 땡큐다.

한마디로 고등어라면 다 반긴다고 보면 되는데, 갈치국은 들어봤어도 고 등어탕이라니?

　　제주도를 수차례 와봤지만 고등어탕은 금시초문이다. 찜찜했던 갈 치국도 조심조심 시도하고 보니 기대 이상이었는데, 그렇다면 어디 한 번 고등어탕을 잡쉈보자.

　　게다가 고등어밥이란 거도 있네?

　　이건 또 뭐냐? 일단 시커먼 돌김에 연하게 양념된 눌린 밥을 조금

떼 담고 양파와 미나리, 고추 등으로 버무린 야채무침과 고등어회를 올린
다. 여기에 된장과 마늘과 참기름을 뒤섞은 양념장을 약간 얹은 뒤 싸서 먹
는다. 취향에 따라 갈치 내장으로 만든 젓갈을 얹어도 좋다.

　다 먹어갈 때쯤 회를 뜨고 남은 뼈다귀(가시라고 해야 하나?)로 끓인 고
등어탕이 등장한다.

　허여멀건 게 비린내는 전혀 느껴지지 않고 구수하다. 뭔가 곡물가
루를 섞은 것 같은데, 물어봐야 주인장이 알려줄 리 만무하다.

또 하나 제주의 맛이다.

빼빼로와
자코메티

신라 시대의 토기

자코메티의 「워킹맨」 시리즈

11월 11일은 '빼빼로데이'라는데?

본래 이 과자는 과자 회사의 개발 담당자가 판매 실적이 안 좋아서 고민에
고민을 거듭하던 중, 머리도 식힐 겸, 박물관 전시실에 와서 별생각 없이
돌아다니다가 유레카! 하게 된 것이라고 한다.

　전시품을 둘러보다가 지금껏 보지 못했던 날씬하고 길쭉한 형태의

신라 시대 토기를 봤는데 그 형상이 너무도 쇼킹해서 뇌리를 떠나지 않았다.

　　사무실로 돌아와 다시 고민을 거듭하다가 어차피 잘 팔리지도 않으니, 과자 반죽을 가지고 장난질을 친 것이다(날씬하고 갸름한 모양으로).

그런데, 언제부턴가 젊은 층에서 11월 11일이 되면 이 요상한 과자를 찾게 되었다. 마침내 전국적으로 이 과자의 탄생을 축하하고 기념하는 '빼빼로 데이'가 탄생하고 말았던 것이다.

스위스 태생의 조각가 자코메디가 한국을 방문했는지 어쨌는지는 난 잘 모르겠다. 그러나 그가 언젠가 어디선가 한국의 문화재를 소개하는 도록을 본 것 같기는 하다.

　　날씬하고 갸름한 토기의 형상을 보고 영감을 얻어(살짝 커닝하여) 자기 작품의 표현 양식을 '날씬하고 갸름하게'로 정하고 이를 꾸준히 밀고 나가 마침내 세계적으로 유명한 조각가가 되었다고 한다.

박물관은 영감의 원천이다(이게 진짜냐고 물어보는 사람들, 있을 거 같다).

눈으로도
마신다

무더운 날.

자고로 맥주는 시원하게 딱 한 잔이 제맛이다. 물론 맥주를 좋아하는 사람들은 화장실을 오가며 밤새도록 마시기도 한다. 5,000cc니 10,000cc니 하면서 마셔대는 것을 무슨 무용담처럼 떠벌리는 이들이 있는데, 질보다 양으로 승부하는 성과 지향이라 그런가?

고급 음료인 와인은 수백 년 동안 유리컵을 사용했지만, 맥주는 19세기에 이르기까지 도자기나 백랍, 나무 머그 등 불투명한 잔에 담아 마셨다. 19세기 중반 들어 보헤미아에서 유리를 대량 생산할 수 있는 기술이 개발됐고, 누구나 맥주를 유리잔에 담아 마실 수 있을 만큼 유리값이 싸졌다. 그 결과 사람들은 맥주가 어떻게 생겼는지 눈여겨볼 수 있게 되었다.

세월이 흘러 새로운 발효 기법으로 만든 맥주가 등장하면서 맛뿐만 아니라 색이나 투명도에 많은 변화가 생겼다. 새로운 맥주의 색은 가볍고 맑았으며 금빛을 띠었다. 그리고 샴페인 같은 거품을 지니고 있었다. 이것이 바로 효모가 바닥에 가라앉은 채 실온보다 낮은 온도에서 발효시킨 라거 맥주다. 그래서 시원해야 제맛인 거다. 호가든, 기네스, 버드와이저, 하이네켄, 레페, 코로나, 오비라거 등이 모두 라거 계열 맥주다.

라거는 입뿐만 아니라 눈으로도 마시는 맥수로, 밝은 금색 라거는 그 이후 쭉 유리잔에 담아 마시는 전통을 이어왔다. 그러나 대개의 라거 맥주는 불투명한 금속 캔의 형태로 소비된다는 아이러니….

맥주를 유리잔에 제공하게 되자 예상치 못했던 부작용이 나타났다. 흉기로 쓰인다는 점이다. 영국의 경우, 매년 오천 명 이상의 사람이 유리잔이나 병으로 습격을 당한다고 한다.

학창시절, 모범생과인 선배와 주점에서 만나 술을 어지간히 마셨는데, 다른 자리의 취객들과 시비가 붙었다. 옥신각신하다가 도저히 가오가 안 서는지 선배가 옆에 있던 맥주병을 들고 팍~ 깼는데, 깼는데? 병의 몸체는 깨져 바닥으로 다 흩어지고 손에 남은 것은 딸랑 병 꼭지뿐. 병도 깨 본 놈이 깨는 거다. 잔뜩 긴장했던 적들이 표정이 일순간에 어이 상실….

투명하고 튼튼한 플라스틱 병이나 컵은 없을까? 별로다! 플라스틱은 유리와는 전혀 다르다. 플라스틱은 열전도가 낮아 맥주가 미적지근해져 시원한 맛을 감소시킨다. 챙~ 하고 건배도 할 수 없다.

　　병이나 유리잔은 맥주를 마시는 데 써야지, 적을 위협하는 데 쓰는 게 아니다. 특히 숙달되지 못한 자가 유리병을 들고 잘못 설치다간….

맑으 물,
앱솔루트 보드카

술은 체온을 올리고 담배는 체온을 떨어뜨린다. 북극 지역은 백야(白夜)가 있듯이 흑주(黑晝)도 있다. 오후 3~4시만 되면 사위가 어둑어둑해지는 것이다. 흑주 기간에는 날이 빨리 어두워지고 난방도 원활하지 않기 때문에 실내에서 밥 먹고 나면 별달리 할 일도 없으니 그냥 술이나 마시면서 저녁 시간을 보낼 거다. 보드카는 추운 지방에서 개발된 것인데 냉동실에 넣어 젤 상태가 되었을 때 마시는 게 진짜배기다.

보드카는 무색, 무미, 무취한 알콜 약 40~55%인 증류주를 일컫는다. 앱솔루트 보드카는 1879년부터 스웨덴에서 제조되었다. 앱솔루트 병을 보면 링거병이 떠오르는데, 그래서 보드카를 마시고 싶을 땐 링거 한 병 맞으러 가자고 한다. 실제로 이 병은 의약용 병 전문 유리공장에서 제조한다. '좋은 물은 곧 약'이라는 제품 콘셉트다.

병을 제조할 때 약간의 코발트블루를 가미한다. 투명한 병이 약간 파리한 느낌을 띠며 더욱 순정해 보이기 때문이다. 순수에 대한 지향이다. 50대 이상 여자분들은 고삐리 때 하절기 교복으로 하얀 블라우스를 입었다. 여학생은 맑고 순수해야 한다는 사회적 통념이 오늘날보다 강했던 때였다. 그 때문에 블라우스를 빨 때, 마지막 헹굼 물에 파이롯트 잉크 한 방울을 떨어뜨린다. 파란 잉크의 입자가 블라우스에 배어들어 더욱 하얘 보이도록…. 영청! (달빛에 어린 푸른빛처럼)

보드카는 러시아어인 'voda(물)'에서 나온 말이며 앱솔루트 보드카의 공식 브랜드명은 absolut('e'가 빠져 있는)다. 즉 '맑은 물(앱솔루트 보드카)'에서 '맑으 물'이 된 것이다. 수식을 제거해 더욱 순수해지겠다는 의미다.

앱솔루트는 한 세기 이상 오직 '순수함', 즉 기본에 충실함으로써 이 분야의 명품이 되었다.

카뮈보다
나폴레옹

프랑스 사람들은 우리나라 사람들이 숭늉을 마시듯 식사 후 와인을 즐긴다. 전쟁할 때도 마찬가지다.

나폴레옹이 러시아 원정을 준비하면서, 도저히 그 무거운 와인 통을 다 끌고 갈 수 없어서 시내에 방을 붙였다. '와인 같은 효과를 내되, 양이 적게 농축한 음료를 만드는 업체를 공식 군납업체로 지정해 주겠다'라고.

그리하여 각 지방의 포도농장들은 너도나도 이러한 음료를 만들기 위해 노심초사했다. 드디어 포도의 발효액을 증류하기에 이르렀고 이렇게 브랜디가 만들어졌다.

가장 그럴듯한 맛을 내는 지방의 브랜디에 황제의 이름 나폴레옹이라는 칭호를 하사했다. 그리하여 나폴레옹 코냑이 탄생한 것이다. 코냑 지방에서 생산된 일등품 브랜디다. 그럼 카뮈는? 당시 코냑 지방의 시장 이름이 카뮈였다나 뭐라나? 그래서 이등품은 시장의 이름을 따서 카뮈 코냑이 되었다 (『이방인』의 저자 알베르 카뮈의 이름을 딴 게 아니다).

증류방식의 브랜디를 본격적으로 상업화하여 생산한 곳은 17세기 프랑스의 코냑 지방이다. 브랜디는 프랑스 어디에서나 만들 수 있지만 코냑 지방에서 생산되는 브랜디만을 코냑이라고 했다.

브랜디는 맛도 맛이지만 향이 포인트다. 브랜디를 마실 때는 잔을 잘 덥혀야 한다. 덥힌 잔에 브랜디를 따르면 향기가 잘 퍼져 나오는데, 잔을 한 손으로 부드럽게 감싸 쥔 다음 가볍게 흔들어 준다. 그러면 브랜디가 공기와 접촉하면서 향이 더욱 풍부해진다. 따라서 브랜디 잔에는 대충 1/4 이하로만 술을 따라야 한다. 브랜디를 따른 후 잔을 바닥에 눕혀 놓고 빙글빙글 굴려도 잔 속의 액체가 밖으로 쏟아지지 않을 정도면 좋다.

브랜디의 향을 코끝으로 음미하면서 손으로 잔을 감싸 쥐고 체온으로 술을 덥힌다. 향에 취한 채 브랜디를 입으로 천천히 갖다 대는 것이다. 원 샷으로 한 방에 마시는 것이 아니라 혀끝에 감도는 만큼 빨아들인 뒤, 다시 잔을 보듬고 향을 탐닉하는 것이다. 마신다기보다는 핥는다고 할까? 관능적이다. 바로 요 대목이 맛과 멋이 공명하는 지점이다.

브랜디는 숙성 정도에 따라 품질 표시가 달라진다. 숙성 정도와 브랜딩(숙성 연한이 다른 여러 종류의 브랜디를 섞는 것) 기술에 따라 약어로 표시하는데 제조회사에 따라 제 마음대로이기 때문에 정확히 제시하긴 어렵다. 대체로 다음과 같은 순서로 구성된다.

2년 이상 숙성	☆☆☆(별 셋)
	V. O.(Very Old)
	V. S.(Very Superior)
4년 이상 숙성	V. S. O.(Very Superior Old)
	V. S. O. P.(Very Superior Old Pale)
6년 이상 숙성	X. O.(Extra Old)
	Extra
	Napoleon(나폴레옹 레벨 또한 회사마다 제멋대로다.)

짜증날 땐
짜장면

한자로는 작장면(炸醬麵, 짜지양미엔)으로 쓴다. 국립국어원 표기에 따르면 '자장면'과 '짜장면' 모두 맞다(국립국어원은 2011년 8월 31일, '짜장면'도 표준어로 인정했다).

그런데 자장면이라고 하면 정말 맛대가리 없어 보이지 않는가? 느슨하게 불어터진 느낌이다.

언젠가 만화가 박재동 화백이 TV 프로그램에서 "우리는 이 음식을 오랫동안 짜장면이라고 불렀죠? 그런데 자장면이 맞다네요? 그렇지만 전 그냥 짜장면이라고 부를 생각입니다"라고 말한 적이 있다.

사람들은 여전히 자장면보다는 짜장면으로 부른다. 간짜장, 삼선짜장, 사천짜장, 유니짜장, 쟁반짜장, 짜파게티 등등.

'자'가 '짜'로 된 것은 경음화(된소리) 현상이다. 가령 소주를 '쏘주'라고 하거나 효과를 '효꽈'로 발음하는 것이 그러한 예다. 요즘 뉴스에서는 아나운서들이 혀에 힘 빼고 '효과'라고 발음하는데, 정작 그 말을 듣고 있자면 의미전달에는 별 '효꽈'가 없어 보인다.

경음화 현상은 받침소리의 작용(책방→책빵, 짚신→집씬)에 의해 일어나는 것이지만, 사회적인 격변기나 피폐해진 대중들의 정서로부터 비롯되기도 한다. 왜란과 호란 이후에 경음화·격음화(거센소리) 현상이 많아졌다는 역사적 사례도 있다. 물론 6.25사변 이후에도 그랬을 테고.

마음속에 분노와 짜증이 쌓이면, 입 밖으로 나오는 소리가 모질어진다.

"소주나 한 잔"이 아니라 "쏘주나 한 잔"이라고, "그 자식 잘라버려야지"가 아니라 "그 짜식 짤라버려야지"다.

국립국어원에서 자장면과 짜장면이 다 맞는 표현이라고 했지만, 서민들의 고단한 삶과 함께해왔기에 '짜장면'이 더 적절해 보인다.

연탄구이 집
VIP

이 식당에서는 비록 노르웨이산 고등어를 사용하지만, 오랜 공력을 갖춘 할머니가 연탄불에 정성껏 구워내서인지 생선살이 촉촉하고 고소하니 아주 맛나다. 비가 오거나 눈이 오면 우산을 받쳐 든 채.

눈치 빠른 사람은 알겠지만 이 식당의 대장은 바로 이 할머니다. 난 권력의 중심을 바로 알아차렸다. 게다가 잽싸게 사바사바 할 수 있는 약삭빠름도 있다. 식당에 도착했을 때와 밥을 먹고 나올 때, 반드시 대장 할머니께 큰 소리로 인사하고 머리를 숙이는 것이다. 최대한 공손하게.

그렇게 단골이 된 이후, 아내와 같이 갔다. 고등어 백반에 소주 한

병을 먹었다. 합이 14,000원이다. 거스름돈 6천 원을 받아 든 아내가 식당을 나오면서 할머니께 "고등어 너무 맛있게 먹었어요. 할머니 커피라도 사서 드세요, 너무 맛있게 먹어서 커피라도 사드리고 싶어요." 하면서 거스름돈에서 5천 원짜리 한 장을 쥐여 드렸다.

그때부터 난 이 식당의 VIP가 되었다.

머지않아 이곳은 재개발로 헐릴 예정이란다.

족보 있는
비빔밥

전주비빔밥

'웰빙' 열풍이 불면서 안전한 먹거리에 대한 관심도 높아지고 있다. 이와 더불어 비빔밥도 주목받는 음식이 되었다. 비빔밥은 있는 재료 몇몇 가지를 집어넣고 대충 비벼 먹던 평범한 음식이었다. 그러나 점차 여러 가지 새로운 재료가 추가되면서 끊임없이 진화하였고 지금은 한국을 대표하는 음식으로 격상되었다. 국적 항공인 대한항공은 비빔밥을 기내식으로 제공하여 탑승객들의 사랑을 받고 있으며, 한국을 여행하는 외국인 관광객들도 반드시 맛보아야 하는 음식이 되었을 뿐만 아니라 포장기술의 발전에 따라 외국으로 수출까지 하게 되었다.

비빔밥은 우리나라 어디에서나 흔히 볼 수 있는 음식이지만, 해주, 진주, 전주 등이 특히 유명했다. 이는 아마도 천혜의 자연조건에서 생산되는 질 좋은 농산물, 전통적인 장맛, 그리고 음식을 만드는 정성이 어우러졌기 때문일 것이다. 특히 오래 삶아도 식감이 좋은 콩나물을 만들기 위해서는 쥐눈이콩(서목태)이 풍부해야 하는데, 미네랄 성분이 풍부한 수질과 기후가 알맞은 전주가 전국 제일이었던 것이다. 전주비빔밥은 다른 지방과 달리 육회°를 올리고 사골육수로 밥을 지어 독특한 맛을 자랑한다. 이렇게 하면 영양학적으로 완벽한 균형을 갖추고 맛이 뛰어날 뿐 아니라 밥알이 서로 달라붙지 않아 골고루 잘 비벼지고 밥에서 윤기가 난다. 색색의 나물과 붉은 육회, 지단으로 썬 하얗거나 노란 계란, 놋그릇이 조화롭게 어우러져 모양새도 멋지다.

　　한식을 정찬으로 먹는 이른바 한식 상차림은 다들 알다시피 상다리가 휘어지도록 여러 가지 반찬과 찌개, 국 등을 늘어놓고 먹는 것이다. 그런데 이것저것 되는대로 집어넣고 썩썩 비벼 먹는 음식이라니, 격조 있어 보이지는 않는다. 그 때문에 비빔밥은 그다지 고급스러운 음식이라고 할 수 없다. 제삿밥이든 농촌의 들에서 먹는 밥이든 모두가 특별한 격식 없이 그냥 비벼 먹는 밥, 즉 단체식이었다. 밥뿐만 아니라 비비거나 섞어 먹는 대개의 음식들은 음식 족보상 품격 있는 메뉴로 쳐 주지 않는다. 순댓국이나 해물잡탕, 부대찌개, 비빔국수, 짬뽕 따위가 고급음식이 아니듯이.

　　비빔밥은 밥에 여러 가지 재료를 섞어 먹는 것이다. 고추장을 넣어도 되고 안 넣어도 되고, 날치알을 넣기도 하고, 급기야 마가린을 집어넣고 비벼도 된다. 그리고 여기에 한 가지 더하자면 보통 비빔밥은 그릇 가운데

에, 나물 위에 올려놓는 계란 프라이가 포인트라 할 수 있다. 계란 프라이
가 올라가 있어야 모양도 그럴 듯해지고 영양가도 있어 보인다. 그러나 제
대로 만든 전주비빔밥에는 잘게 썬 계란을 지단 형식으로 올린다. 비빔밥
에 저급이니 고급이니 하는 말 자체가 어울리지 않지만, 고급 비빔밥으로
서의 정통성이나 독보적인 레시피를 정립시키려는 모양이다.

　　최근 전주비빔밥이 점차 유명세를 타면서 전주 지역에서는 비빔밥
의 대표 도시가 전주이며, 전주비빔밥은 서민들이 먹던 그저 그런 음식이
아니라 법도 있는 집안, 또는 궁중에서도 먹었던 뼈대 있는 음식이었기를
원하는 듯이 보인다. 세계적인 명품 요리들이 대부분 귀족이나 왕족들의
가문에서 오래전부터 전래되어 온 것이라는 측면에서 비빔밥 또한 그러한
역사와 전통이 필요하다고 생각했을 성싶다. 그렇지만 여기서는 관광 상
품에 대한 선점 전략, 즉 브랜드 네이밍(Brand Naming)에 대한 독점적 지위를
차지하려는 일말의 이기심과 욕망이 느껴진다.

　　그렇다면 비빔밥의 기원이나 특성에 대해 언급한 고문헌이 있을
까? 불행하게도 거의 없다. 중국 명대의 동기창(董其昌)이 쓴 『골동십삼설(骨
董十三說)』이란 책에서 짤막하게 언급될 뿐이다. 여기서 말하기를, 분류하기
힘든 옛날 물건을 통틀어 골동이라 하며, 이 뜻을 이용하여 여러 가지 음식
을 혼합하여 조리한 것을 골동갱(骨董羹)이라 하고, 밥에 여러 가지 음식을
섞어서 익힌 것을 골동반(骨董飯)이라 한다고 했다. 골동이란 우리가 잘 아
는 단어인 '골동품'의 그 '골동'과 같은 뜻이다. 말하자면 골동반, 즉 비빔

밥은 '오래전부터 전해오는, 여러 가지 찬을 섞은 밥'이다.

우리나라에서 골동반이란 이름이 등장하는 문헌은 『시의전서(是議全書)』다. 이 책에서는 한자로 골동반이라 쓰고 한글로 '부븸밥'이라 적었는데, 정갈하게 밥을 짓고 각종 재료를 볶거나 익히고 여기에 깨소금과 기름을 넣어 비빈다고 했다. 결국 비빔밥은 딱히 귀족들이 먹던 것도 아니고 오랜 전통을 가지고 있는 특수한 조리법이 있는 것도 아닌, 대충 썩썩 비벼 아무나 먹는 보통의 음식일 뿐이다. 보통의 음식이라고 해서 유명한 음식이 될 수 없다는 뜻은 아니지만, 구태여 그럴듯한 전통이나 역사적 기원을 애써 찾아가며 족보를 만들려 하는 것은 다소 애처로워 보인다.

비빔밥이 어떻게 만들어지고 어떤 역사를 가지고 있는지에 대한 의문과 기대는 높아 보인다. 어차피 한국 대표 음식의 한 종류가 되었으니 그에 합당한 역사나 에피소드가 있으면 좋긴 할 것이다. 그래서 이런저런 단서들을 발굴하기 위해 열심이다. 그런데 많은 이들이 도대체 왜 비빔밥에 대해 매력을 느끼는 것일까? 비빔밥은 뛰어나지는 않지만 그런대로 먹을 만한 과히 나쁘지 않은 음식이다. 어느 정도 맛있다는 얘기다. 그냥 '맛있다'라는 정도로 비빔밥에 대한 맛의 비밀을 충분히 설명한 것일까?

한식 세계화는 급부상한 우리 경제를 바탕으로 문화산업 중흥의 일환으로 선정된 전략 사업의 하나다. 그리하여 프랑스식, 이태리식, 중식, 인도식 등 세계 음식문화의 선두 주자라고 하는 음식을 벤치마킹하고 이들의 형식을 본뜨게 되었다. 그렇게 해서 본래 있지도 않았던 코스 요리가 개발된 것이다. 에피타이저라 할 죽이나 야채샐러드가 나오고, 점차 메인 요리라고 할 수 있는 잡채나 갈비찜, 생선구이나 두부 요리, 신선로 등 여러 가지 음식이 줄줄이 나온다. 그리고 약과나 수정과, 화채 등의 디저트로 마무리된다. 이것이 한식 세계화를 위한 전술이라면 전술인데, 간단히 말해 상차림의 형식이 바뀐 것이다. 한눈에 보면서 먹을 수 있었던 한식 상차림을 프랑스 요리나 이태리 요리처럼 대접이나 종지 대신 주로 접시에 올리고, 상 위에 등장할 때까지는 정확한 생김새를 가늠하기 힘든 상태로 스무고개처럼 하나씩 내오는 것이다. 이렇게 나오는 음식이라면 궁금증을 자극한다는 점에서는 나름 매력적이라고 할 수도 있다.

　　그런데 이런 식의 한정식을 먹고 나면 꼭 배가 터질 것 같다. 한 가지 음식을 도대체 어느 만큼 먹어야 할지 조절하기가 힘들기 때문이다. 이에 비하면 상다리가 휘어질 정도로 나오는 한식 상차림은 모든 음식이 한눈에 파악이 되며, 또한 식성에 따라 선택적으로 먹을 수 있다는 이점이 있다. 더불어 음식량 또한 지나치게 과하지 않게끔 조절하면서도 좋아하는 음식의 비중을 늘려가며 먹을 수 있다. 눈으로 음미한 뒤 마음에 드는 음식을 선택하여 입으로 가져가는 것이다. 젓가락이 먹고 싶은 반찬을 찾아 이리저리 돌아다니는 것은 풍경을 감상하며 천천히 걷는 것과도 같다. 밥상 위에서 이루어지는 산책인 것이다. 상차림이야 번거롭겠지만 이게 한식을 즐기는 불변의 원칙이다.

　　음식은 생김새도 중요하겠지만 입 안에서 씹는 행위와 깊은 관련을

맺고 있다. 양식은 대체로 한 가지 음식을 온전히 맛본 뒤에 다른 음식을 먹게 된다. 그러나 한식은 정해진 순서 없이 이것저것 마음대로 먹고, 아까 먹었던 것을 지금 다시 먹기도 하고, 두 가지 이상의 음식을 섞어서 먹기도 한다. 때때로 국물도 떠 마셔 가면서 말이다. 이렇게 할 경우 필연적으로 음식 재료 간의 격렬한 섞임이 발생한다. 나물과 고기, 두부와 김치가 대책 없이 마구 섞인다. 한 가지 음식에서 오는 단순한 맛만이 아닌 입 안에서의 섞임을 통해 복합적인 맛의 향연이 펼쳐진다.

비빔밥은 이러한 현상을 한층 더 치밀하게 만든다. 먹기 전에 우선 비벼야 한다. 비빈다는 것은 잠깐이나마 요리를 한다는 것이다. 식성에 따라 참기름을 좀 더 넣을 수도 있고 고추장으로 비빌 수도 있고 간장으로 비빌 수도 있다. 먹는 이가 주체적으로 요리에 개입하는 것이다. 이렇게 비빈 밥을 자신의 입으로 가져간다. 상차림은 선택한 재료를 자신의 입 안에서만 섞게 된다. 그러나 비빔밥은 입 밖에서 먼저 재료가 섞이고 입 안에서 또 한 번 섞이면서 화학적인, 심리적인 작용이 더해진다. 섞이면서 발생하는 예측하지 못했던 새로운 맛이 비빔밥의 융·복합적인 효과다.

요즘은 모든 영역에서 융·복합이라는 화두가 유행이다. 그리하여 너도나도 섞으려 하지만, 정작 섞음으로써 야기되는 구체적인 효과와 원리의 규명에 대해서는 충분한 분석이 뒤따르지 않는다. 다짜고짜 섞기만 한다고 될까? 비빔밥은 단순히 섞는 것이 좋아서도 아니며 특정한 효과를 기대하고 섞은 것도 아니다. 그때그때의 생활 관습이 그렇게 만든 것이다.

삶의 편의와 인간 본능에 충실하려는 과정에서 비롯되었다. 말하자면 양식은 요리사의 시나리오에 맞춰 나오는 '요리사의 음식'이며, 그리하여 법도에 맞게 수동적으로 먹을 수밖에 없는 것이라면 한식, 특히 비빔밥은 재료를 섞는다는 선택 체험의 과정을 거치고 이를 자신의 입안에서 조합하는 '먹는 사람의 음식'이라고 할 수 있다.

뻔한 얘기지만 음식이란 '보는 것'이 아니라 '먹는 것'이다. 디자인이 대세가 된 시절, 음식에도 디자인 바람이 거세다. 푸드스타일리스트, 푸드디자이너, 셰프 등등이 잘나가는 직종으로 부상하고 있다. 그러나 혀의 감각을 눈의 감각으로 대체시키는 데만 앞장서는 푸드스타일리스트나 푸드디자이너는 썩 반갑지 않다. 맛과 영양이라는 음식의 본질을 떠나 시각적 꾸밈이 우선할 수는 없다. 진정한 디자인이라면 본질을 앞세우고 그에 합당한 정도의 수식에 머무를 줄 알아야 한다. 음식과 그릇의 생김새가 아름답고 멋있다는 것이 죄가 될 수야 없지만, 음식이란 모름지기 시각이 아닌 미각의 영역이며, 혀와 이빨과 침의 융·복합적 효과에 의해 규명될 수 있는 것일 뿐이다. 비빔밥의 진정한 매력은 먹기 전에 섞으면서 '잠깐 동안의 요리'라는 체험을 맛보는 것이며, 섞이고 또 섞이면서 만들어내는 설명하기 힘든 독특한 맛이라고 할 수 있다. TV 프로그램 〈삼시세끼〉가 한창 인기 있었던 이유는 출연자들이 단순히 먹기만 하는 것이 아니라 음식을 직접 만든다는 사실에 있었다. 그렇다면 한식 세계화라고 하는 것은 어떤 필살기를 앞세우고 세계시장으로 나서는 것일까?

삶의
향기

옛날에 화사(畵師)를 뽑는 과거 시험에 '만 리 꽃길을 걸어온 늙은 말을 표현하라'는 문제가 출제되었다. 거의 모든 응시자가 온갖 꽃이 피어 있는 들판과 말을 그렸지만 정작 장원한 사람의 그림 속엔 꽃이 한 송이도 없었다.

　　장원으로 뽑힌 그림에는 터벅터벅 힘겹게 걷고 있는 말의 발굽 주변을 따라 날고 있는 나비 한 쌍이 그려져 있었다.

한국 사람은 뭐니 뭐니 해도 밥을 먹어야 식사가 끝났다고 생각한다. 아마도 미국 사람은 빵일 테고 아프리카 어느 족속은 옥수수일 거다. 우리는 끼니를 때웠는지 아닌지를 물을 때, "밥 먹었냐?"고 한다. 실제로는 국수를 먹었든 빵을 먹었든 고기를 먹었든 간에(경상도 인사말, 아침 잡샀니껴?). 그럼 아프리카 인사말은 "저녁옥수수 드셨어요?"쯤 되려나?

　　위장에 살고 있는 미생물이 그간의 습관에 의해 뭔가를 아무리 잘 먹어도 결국 밥(또는 빵이나 옥수수)을 먹지 않으면 헛헛함을 느끼게 되고, 이게 대뇌로 전달되어 밥이 들어와야 비로소 식사를 한 것으로 느낀다는 거다. 꽤 그럴듯한 얘기지만 검증하기는 힘들어 보인다.

저녁밥을 먹을 때 고수가 나왔다. 따라 나온 얘기.

　　같은 종자도 풍토나 기후 등 생장 환경에 따라 맺히는 열매가 다른 특성을 보인다고 하는데, 가령 주변 조건이 너무 힘들면 열매가 독해진다고 한다(냄새나 맛에서). 그러니 향기가 강하다는 것은 삶이 척박했다는 얘기다. 열대 지방에서 자라던 고추나 야채를 온화한 한국 땅에 심으면 본래의 맛이나 냄새가 나지 않는다고 한다. 실제로 강원도 찰강낭(찰옥수수)을 경기도나 전라도에 가서 심으면 옥수수의 찰기가 현격히 감소된다. 그렇다면 성장환경이 힘들었던 사람은 좀 괴팍한 성격이 되려나?

만 리 꽃길이 아무리 아름다워도 산책하듯 걸을 수 있는 거리는 아니다. 인간의 한평생이 꽃길처럼 영화롭다 한들 어찌 힘들지 않은 삶이 있으랴? 만리 길을 걸어 지친 몸이지만 도중에 꽃길도 지나왔기에 발굽에 배어든 향기에 나비가 따른다면 결코 외롭지 않으려니.

03

메인디쉬
main dish

지금은
먹방 전성시대

개미는 겨울을 준비하기 위해 식량을 모은다.

축적은 정도를 넘어서면 잉여가 되고, 과잉이나
잉여는 부패되어 마침내 염증(질환)을 일으킬
수 있다.
음식으로 인한 영양 과잉이든 지나치게
긁어모은 재산이든 건강한 삶을 위해서는
별 도움이 안 된다.
생명체라고 한다면 무엇이든 지나치게 모아둘
필요가 없다.
생명을 영위할 수 있는 적정선이라는 것이 있다.

매우 허기진 사람에게는 따뜻한 밥 한 그릇,
간단한 반찬과 국물 정도면 충분하다.
이들에게 스테이크를 미디엄으로 할까
웰던으로 할까를 물어본다면 내심 쌍욕이
튀어나올 것이다.
미디엄이건 지랄이건 배가 고파 뒈질 것 같으니
아무거나 빨리 줘 봐. 개나리야 …!

걸신 乞神

캄보디아의 앙코르 유적지의
반띠아이 쓰레이(Banteay Srei)
사원에 부조된 칼라

칼라(Kala)는 끊임없이 먹어대는 '피의 여신'으로 단순한 흡혈귀라기보다
는 욕망의 화신이다. 불교에서 말하는 아귀, 우리말에서 쓰이는 걸신이랑
같은 과다. 이들은 음식만 보면 환장을 한다. 걸신이 들렸다는 것은 곧 굶
주린 귀신이 몸 안에 들어앉아 몸과 마음을 지배하고 있는 상태를 말한다.
칼라 역시 아무리 먹어도 결코 만족할 줄 모르는데, 배가 고파 먹을 것을
찾다가 급한 대로 자신의 발부터 먹어치운다. 이어서 다리, 허리, 가슴, 마
침내 아래턱까지 씹어 먹고 난 뒤 눈, 코, 윗 입만 남은 채 여전히 먹을 것

을 찾아 두리번거린다.

동서양의 신화나 전설 속에는 인간의 욕망을 반영한 신들이 있고 천여 년 전의 힌두사원에도 욕망 덩어리, 욕망 그 자체인 신의 모습이 있다. 영원히 사라지지 않는 섬뜩하고 무서운 놈이다.

　　그러나 정작 이들이 말하려는 두려움이란 외부에서 오는 것이 아니라 바로 내 안에서부터 생긴 욕망을 말하려는 것일지도 모른다.

멋있게
영양실조

퇴계(退溪 李滉)는 도산(陶山)에서 공부할 때 끼니때 마다 반찬은 세 가지만 차려놓고 잡수셨다. 제자 학봉(鶴峰 金誠一)이 뵈러 갔더니 밥을 내주시는데 반찬은 무와 가지와 미역뿐이었다. 뵈러 온 사람들이 모두 먹기가 거칠어도 내색을 못하고 있는데, 선생은 복 받은 얼굴로 맛있게 드셨단다.
- 김훈의 『라면을 끓이며』

순암(順菴 安鼎福,)이 안산에 사는 성호(星湖 李瀷,)를 찾아가 자신을 제자로 받아들여 줄 것을 간청하였다. 가난한 스승은 세 칸 집(아이들 방, 부부 방, 손님 방)의 방 한 칸을 내주셨다. 끼니때가 되어 밥을 내주시는데 밥과 국과 젓갈과 장아찌뿐이었단다.

　　　현곡(玄谷, 실명을 밝히지 않음) 거사(居士)가 이 얘기를 하면서 "참 멋있지 않아요?" 하시기에

"그럼 멋있게 영양실조 걸릴 텐데요?"라고 대답했다.

동파육과
추사펭

김정희가 말년에 쓴 대팽고회
(간송미술문화재단 제공)

동파육(東坡肉)은 항저우(黃州)의 대표적인 요리로 돼지오겹살찜이다. 동파(東坡 蘇軾)가 이곳에서 벼슬할 때 처음 요리법이 개발되었다고 한다. 동파는 심심하면 돼지고기를 쪄서 먹었는데, 어느 날 친구와 바둑에 열중한 나머지 찌고 있던 고기를 시커멓게 태웠다. 그대로 들고나온 것이 바로 동파육이 되었단다.

『추사코드』를 쓴 이성현은 이를 다음과 같이 해독하고 있다.
'팽형을 당하여 제사를 받들 후손을 두지 못해(大烹) 제기(豆)가
썩는구나(腐). 지금이라도 술을 끊고(瓜) 노익장을 과시하며(薑)
새 장가를 들어야겠네(菜).'

평생 동파를 흠모했던 추사(秋史 金正喜)가 71세 때 쓴 글씨,

　　大烹豆腐瓜薑菜(대팽두부과강채)는 '세상의 모든 맛난 것, 희귀하다는
것, 좋다는 것을 먹어보았지만 최고의 음식은 역시 집에서 먹는 두부나 오
이, 생강, 나물 따위일지니…'라는 뜻이다. •

추사팽(秋史烹)은 두부나 오이, 생강, 나물 따위를 삶은 평범한 음식을 말한다.
　　오십이 훌쩍 넘고 보니 기름진 동파육보다 담박한 추사팽에 더
마음이 끌린다.

참으로
외롭도다

독락당의 계정(溪亭)

고려시대의 청자
참외 모양 병

경상도에서는 오이를 외라고 한다. 외? 외아들, 외골수, 외롭다 할 때 그 '외'다. 대개의 식물은 쌍으로 꽃이 피고 열매도 쌍으로 맺히는데, 외는 마디 하나에 꽃이 하나만 피고 열매도 하나만 열린다. 외롭기 때문에 오이라는 것이다. 그런데 이보다 더 외로운 것이 있다.

바로 참외다. 참기름, 참사랑, 참됨의 그 '참'이다. 오리지널로, 진실로, 엄청나게 외로운 것이 참외라는 말이다. 영어로도 '멜론(me-lone, melon)'이니 역시 나 홀로라는 얘기고, 한자로는 감과(甘瓜), 고체(苽蔕), 과채(瓜茱), 첨과(甛瓜), 향과체(香瓜蔕)라고 쓰는데, 외로울 고(孤)에 참외의 과(瓜)가 들어있다.

그러니 참외는 참말로 외롭고도 적적한 과실이다.

김서령의 『참외는 참 외롭다』에서 인용

외가 저 혼자 비바람과 어둠과 땡볕 아래 버티는 것은 그 길만이 안에서 익어가는 성숙을 담보하기 때문이다. 성숙에 이르려면 곁에 아무도 없는 시간이 필요하기에 홀로됨을 기꺼이 선택한 것이리라. 외로움을 통해 그 외로움만큼의 달콤한 속내를 잉태하는 것이다. 이것이 '외'의 길이요 삶이다.•

　　고려청자 중에는 외를 닮은 참외 모양 병이 있다. 고려인들의 외로움이 담긴 것은 아닐지? 조선에도 외롭고자 한 이가 있었다. 경주 안강의 독락당(獨樂堂)! '홀로됨을 기꺼이 누리려' 했던 이언적(晦齋 李彦迪,)의 집이다(나 홀로 즐기려는 집이 아니다).

그런데 현대인은 외로움을 너무도 싫어해 '센티멘탈'과 '휘청거림'과 '광란의 불금'으로 맞바꾼다. 시장과 미디어의 힘이 가세한다. 커피, 초콜릿, 낭만, 열정 등등의 모습으로.

　　그러나 자발적으로 온전한 '왕따'가 되어볼 필요는 있다. 자신의 입을 위해서가 아닌, 자신의 속내를 달콤하게 익히기 위해서는….

오늘 혼밥을 했다(홀로 밥을 먹었다)는 푸념이다.

감미료

甘味料(감미료)의 첫 번째는 소금이며, 減味料(감미료)의 첫 번째는 물이다.

정순왕후(영조의 계비)는 왕후 간택 면접시험에서
세상에서 가장 맛있는 음식은 '소금'이라고 대답했다.

맛을 더하는(+) 것이 소금이고, 맛을 빼는(-)는 것이 물이다.

요즘은 워낙 甘味가 판을 치니 그 반작용으로 減味를 찬양하는 이들이 많다.
간이나 양념이 진한 것은 부담스럽지만 그렇다고 무성의하게 간에 신경을
쓰지 않아 밋밋해진 것도 별로다.

甘味와 減味가 잘 어우러져야 좋은 맛이다.

진실로
쎅쉬

미식(美食)은 '좋은 음식을 먹는다'는 뜻이다.
그러나 한자를 보면 '아름다움을 먹는다'는 뜻으로도 보인다.
그렇다면 미식이란 좋은 것 또는 아름다운 것을 먹는 것이다.
좋은 음식은 '맛'이 있고 아름다운 것은 '멋'이 있다.

맛은 작은 모양이고 멋은 큰 모양이다.
'찰랑찰랑'은 작은 모양이고 '출렁출렁'은 큰 모양이다.
'고소하다'는 작은 모양이고 '구수하다'는 큰 모양이다.
즉, 멋이라는 단어는 맛이라는 단어에서 나온 것이다.
따라서 이 둘의 메커니즘은 동일하다.
그리하여 맛에 대한 욕구가 있듯이 멋(아름다움)에 대한 욕구도 있다.
맛있는 음식을 먹고 싶듯이 멋있는 남자, 아름다운 여자와 함께하고
싶은 거다.

멋스럽거나 아름다운 것을 섹시하다고 표현하기도 한다.
본래 '섹시'는 사람에게 쓰는 표현인데, 사물이나 음식에서도 마구 차용한다.
온 세상이 "쎅쉬하게…"를 부르짖는데,
진실로 쎅쉬한 게 어디 그리 쉽기나 한가?

감각의
총량

맛은 혀로만 느끼는 것이 아니다.

눈은 형상을 통해,

코는 기체를 통해,

혀는 고체와 액체를 미각과 촉각을 이용해 감식한다.

후각을 막으면 미각이 마비된다.

코감기가 심해지면 밥맛이 없어진다.

삼키기는 하지만 맛은 영 아니다. 그러나 혀의 상태는 원래대로다.

코를 막고 음식을 먹으면 미감이 희미하고 불완전해진다.

즉 고약한 약이나 음식도 코를 막고 먹으면 맛을 느끼지 못하고 넘길 수 있다.

눈을 막아도 미각이 온전해지지 못한다. 요즘 방송에서 눈을 현혹하는 먹방이 한창 유행하는 것을 보면 시각이 미각에 끼치는 영향이 얼마나 큰지 알 수 있다.

미각은 시각과 청각과 후각과 촉각이 합쳐져서 비로소 완성된다.

그러나

시각과 청각과 후각과 촉각의 자극이 너무 과하면 정작 미각은 감퇴한다.

방송 매체가 시각과 청각을 자극하는 각종 음식프로그램을 앞다투어 내보낸다.

미각이 시청각으로 변환되면서 정작 미각은 퇴화하고 있는 것이 아닐까?

배
터진 날

두 곳의 초밥집이 나란히 있다.

　들리는 얘기로는 K 초밥집에서 수련한 셰프가 나가서 개업한 곳이 W 초밥집이라고 한다. 두 집은 한 20m나 떨어져 있을까? 두 곳 다 간판 글씨도 한 글자뿐이고 입구의 생김새도 비슷해 주의하지 않으면 꽤나 헷갈린다. 길에 맞닿아 있는 출입문을 열고 들어가면 바로 홀이다. 테이블이 두세 개밖에 없는 좁은 곳이지만 찾는 손님이 많아 두 곳 다 예약하기가 쉽지 않다. 맛이 좋다는 얘기다.

　어느 날 예약을 하고 밥을 먹으러 갔다. 세 사람이 테이블에 앉아서 흐뭇하게 초밥을 먹고 있는데, 전화벨이 울린다. 문을 열고 밖으로 나가 길거리에서 전화를 받았다.

　"여기 K인데요. 언제 오시나요?"

　"어! 지금 먹고 있는데요?"

　"네? 아니 예약해 놓고 아직 안 오셨잖아요?"

　"무슨…! 지금 먹고 있다니까요?"

　K의 종업원도 전화기를 들고 밖으로 나왔다. 전화 받은 손님과 전화 건 종업원이 길거리에서 같이 목청을 높이다가 서로를 발견!

　"아니 K로 예약해놓고 W에 가 있으면 어떡해요?"

　"(앗…! W에서 먹고 있었네) 죄송합니다~."

이때 W의 종업원이 밖으로 나와 사정을 파악하고 나서

"손님, 저쪽(K)으로 가시죠."

"미안해서 어뜩케요."

"괜찮습니다. 저쪽으로 가시죠."

세 사람이 이미 W에서 정량의 반은 먹은 상태다.

사고가 나자 먹다 말고 W에서 K로 옮겼다(K가 뻔뻔스러운 건지, W가 비굴한 건지 얼른 판단하기가 어렵다).

다시 초밥 먹기 돌입, 초밥으로 고문을 당한 날이다.

싼 뒤

화장실 처마에 달린 낙수 장치

리쓰린 공원의 화장실 내부

糞[똥] = 米[쌀] + 異[달리하다]. 똥은 밥이 변한 것이다. 땅에서 난 쌀이 '똥'이 되고 똥은 다시 '땅'으로 간다. 땅과 쌀과 똥은 뱅글뱅글 도는 관계다.

요즘엔 화장실이라고 하지만 얼마 전까지는 변소가 대세였다. 사실 변소는 그 말뜻부터 썩 유쾌하지 않다. 우리말로 '똥집'이라는 얘기. 냄새도 냄새거니와 혹시라도 아래쪽을 내려다보면 그 스펙타클한 현란함에 정신이 혼미해진다. 발을 헛디디기라도 하면 그런 낭패가 또 어디 있으랴? 추운 겨울밤에는 저 멀리 있는 그곳에 가는 것도 예삿일이 아니었다. 옷을 두둑이 챙겨 입어야 하고 껌껌한 밤이라 뭐가 뭔지 구분도 잘 안 되는, 불안 그 자체였다.

어느 날 일본식 주택에 갔었는데, 방 가까이에 변소가 붙어있었다.
집 안에 변소라니? 이거야말로 신기하고 부럽기만 하다. 물론 냄새야 났지
만 비교적 아득하게 느껴졌고, 내부의 청결 상태는 우리의 변소와는 비교
가 안 될 정도로 깨끗했는데, 이러한 정갈함(?)이 일본에 대한 첫인상이기
도 했다. 일본에서도 본래 재래식 변소는 푸세식으로 냄새와 청결 문제로
인해 안채나 살림 공간에서 떨어져 있었지만, 근대기를 지나면서 편의성
을 높이고자 집 안으로 들어오게 되었다. 일본 지방도시의 어떤 박물관에
서는 일본의 근대 생활상을 엿볼 수가 있다. 여기에 종종 변소와 변기의 변
천 모습이 등장한다. 푸세식에서 사용하는 나무 변기에서부터 도기 변기,
수세식 변기와 좌변기 등등. 왜 이리 변소에 집착할까 하는 생각도 드는데,
좌우지간 깔끔하고 세심하게 관리해 왔다는 점에서는 예외 없다.

삶의 모습은 대부분 도시에서 세련되게 다듬어지고, 그것이 다시
농촌으로 유입되는 과정을 거친다. 밥 먹는 행위든 똥을 누는 행위든 모두
그렇다. 좀 더 근원적으로는 서구적 관점에 의거해 농경사회를 정체 내지
는 후진성으로 규정하고, 거기에서 벗어나는 것을 '진보'로 보는 것이다.
즉 도시의 관점에서 농촌을 보면 대부분이 개혁의 대상이 된다. 그리하여
변소는 모두 화장실로 개혁되었다. 변소나 측간은 개혁해야 할 촌스러움
이며 화장실은 개혁된 세련됨이었다. 변소와 화장실의 가장 큰 차이는 푸
세식과 수세식이라는 점이다. 이는 기본적으로 산업(공업)을 우위에 두는

근대화 개념에서 비롯된 것이다.

일본 근대기의 작가였던 다니자키 준이치로는 변소에 대해 다음과 같이 썼다.

"그것들(변소)은 신록의 냄새나 이끼 냄새가 나는 듯한 정원의 나무와 수풀 뒤에 마련되어 있고… 그 어둑어둑한 광선속에 웅크리고 앉아, 희미하게 빛나는 장지의 반사를 받으면서 명상에 잠기고, 또는 창밖 정원의 경치를 바라보는 기분은 뭐라 할 수 없다. (중략)

한적한 벽과 청초한 나뭇결에 둘러싸여, 푸른 하늘이나 신록의 빛을 볼 수 있는 곳은 일본의 변소만큼 알맞은 장소가 없다. 그리고 그곳에는, 어느 정도의 옅은 어두움과, 철저히 청결한 것과, 모기 소리조차 들릴 듯한 고요함이 필수조건인 것이다. (중략)

간토의 변소에는 벽면 밑바닥에 길고 가는 창문이 붙어 있어, 처마 끝이나 나뭇잎에서 방울방울 떨어지는 물방울이, 석등의 지붕을 씻고 징검돌의 이끼를 적시면서 땅에 스며드는 촉촉한 소리를 한결 실감 나게 들을 수 있다." •

나는 이 글을 읽으면서 그가 말하는 변소의 모습을 머릿속에 그려봤다. 아…! 이런 변소라면 밤낮을 가리지 않고 기꺼이 내왕하리라. 이런 곳에서라면 정말 맛있게(?) 똥을 눌 수 있을 것 같다. 배가 불러올 때의 흐뭇한 포

•
다니자키 준이치로의 『그늘에 대하여』, 12쪽

••
栗林公園, 일본 가가와 현 다카마츠 시에 있는 특별명승지로 지정된 공원으로
에도시대의 정원을 대표한다.

만감에 못지않은, 배를 비울 때의 시원한 상쾌함을 맛볼 수 있는 곳, 잘 차린 밥상에 결코 뒤지지 않는 행복한 뒷간일 거라는 생각이 들었다. 다니자키는 재래식 변소의 모습은 감성 넘치게 묘사했지만, 새로 도입되는 새하얀 자기에 반짝반짝 빛나는 금속제 손잡이가 붙어 있는 변기에 대해서는 꽤나 못마땅해했다. 새하얀 느낌의 자기는 청결하기는 하지만 명쾌함이나 확정성만을 강조할 뿐이며, 현란하게 반짝이는 금속제의 광택 또한 일말의 아련함을 허용하지 않기 때문이라고. 그는 새하얀 자기나 금속의 느낌이 불편했을 뿐 아니라 아련함이나 어슴푸레함 같은 자신들의 고유한 정서가 근대적·서구적 물질문명 속에 잠식되어 감을 안타까워했다.

　　　그런데 최근 그 비슷한 느낌을 주는 화장실을 만났다. 다카마츠 시에 있는 리쓰린 공원••에서였다. 그의 말처럼 나무와 수풀 뒤를 지나 어둑한 그늘 속에 자리 잡고 있는. 비록 변기는 하얀 도기로 되어 있었지만 변소 안마당(이라고 해도 될지?)에 나무가 심겨 있다. 화분이 아닌 나무 말이다. 변소 안에 나무라니? 놀라웠다. 그리고 밖으로 나오면 처마에서 떨어지는 낙수를 흘려보내는 독특한 장치가 달려 있다. 이건 또 뭐라고 불러야 할지 모르겠다. 처마에서 물이 떨어질 때 옆으로 튀지 않고 배수구까지 얌전하게 흘러내릴 수 있도록 뭔가를 만들어 놓은 것이다. 이를 통해 처마 끝에서 떨어지는 물방울이 땅 아래로 차곡차곡 스며들게 된다. 귀를 기울이면 물방울이 떨어지는 소리가 들릴 것도 같다. 서늘한 그늘 속에서 자연의 화음

선암사 뒷간의 내부

선암사 뒷간의 정문

을 배경으로 고요히 자리 잡고 있는 그 변소가 기억에 남는다. 나는 아직도
그들의 화장실을 부러워한다.

선암사보다 유명한 것이 선암사 뒷간이다. 전남 순천에 있는 선암사는 사
적지로 지정되어 있다. 사찰 자체로도 유명하지만 이곳이 세간에 더 잘 알
려진 것은 순전히 화장실, 뒷간 때문이다. 몇몇 문인들이 선암사 뒷간에 대
해 가슴 저리게 묘사하여 더 유명해졌다. 어느 해 여름 선암사로 향했다.
마침내 절간에 이르렀지만 가람 배치나 절집의 건축미 따위에는 별 관심
도 보이지 않은 채, 바로 뒷간부터 찾았다. 얼른 보면 그게 화장실인지 뭔
지 알 수 없을 정도로 커다랗고 당당하게 서 있는 건물이다. '깐뒤'•라고

써진 푯말과 '大便所'라고 써진 푯말이 연이어 붙어 있다. 화장실 맞다.

활짝 열린 문 안으로 들어서면 화장실의 로비가 이어진다. 여기서 왼쪽으로 가면 남자용, 오른쪽으로 가면 여자용이다. 야트막한 중간 문을 열고 들어서면 네모난 방들이 이어진다. 이 방 하나하나가 변소 간인데, 이 곳에 들어서면 가운데가 뚫린 우물마루가 있다. 여기서 일을 보게 된다. 아래로 떨어진 똥들은 나무 재나 낙엽, 톱밥 등과 뒤섞인 채 숙성되어 퇴비로 변신하게 된다. 이론상으로는 그렇다.

아무리 급해도 아랫배에 즉각 힘을 쓸 수는 없다. 화장실 문이 없기 때문이다. 누군가가 지나간다면 영 민망하다. 한적할 때라면 살창을 통해 바깥의 풍경을 감상할 수도 있는데, 시뻘건 포대 자루가 가로막고 있다. 살창 틈으로 흙길이나 풀포기를 엿보는 것은 불가능했다. 어쨌거나 아랫배에 힘을 집중해 무엇인가를 낙하시켜 보기로 했다. '텅~'하는 은은한 울림이 바닥에서부터 올라와 내 귀까지 전해지면 좋겠는데, 이 또한 별로 신통치가 않다. 둔탁하고 맥없는 소리만 짧게 들린다. 옆방과 공유하는 가림벽에는 반들반들하게 광이 나는 하얀 플라스틱 휴지걸이가 매달려 있다.

작가들이 선암사 뒷간에 가면 영혼의 안식, 그리운 거, 뭐 그런 것이 있다고 했다. 눈물이 나면 걸어서라도 선암사로 가라 했다. 등 굽은 소나무에 기대어 통곡하라고도 했다. 하물며 '내세에는 선암사 화장실에서 만나자'라고도 했다. 다음 생에서는 여기서 만나자고? 이렇다 할 운치도 없고 불편하기 이를 데 없는 여기서? 말짱 뻥이다! 시인의 감성과 소설가의 필력에 고무되어 선암사 뒷간을 마음속으로 그려보며, 그곳은 정녕 아름다울 것이라고 믿었다. 우리에게도 다니자키의 변소 못지않은 운치 있는 뒷간이 있었구나? 라고 생각했더랬다. 그가 그토록 자랑스러워하고 애달파했던 변소, 그런 변소가 우리에게도 있다. 그러나 마침내 찾아간 그 뒷간에는 상큼한 풀잎의 향기도, 새들의 노래도, 엉덩이를 스쳐가는 바람도 없었다. 순전히 문필가들의 상상력과 감수성 속에서만 아름다운 뒷간이었다. 일말의 배신감에 사로잡힌 채 바지를 추켜올리고 대충 나와 버렸다. 나오면서 보니 입구 문짝에 칼라 출력한 A3용지가 붙어 있다. "문 살짝~ 닫으세요~!"

　　마침 선암사 뒷간을 보수한단다. 300여 년간 변함없이 제 모습을 간직한 재래식 뒷간이라 하여 문화재로 지정된 것이고, 다시 정비하고 보수해야 할 시점이 된 거다. 그런데 지금까지의 유명세를 밑천으로 좀 더 많은 관광객을 유치하기 위한, 그리하여 종당에는 절간의 수익사업에 보탬이 되는 영리 목적의 개보수는 아닌가 하는 생각이 드는 것은 왜일까?

　　선암사 뒷간이 어떻게 변모했는지, 관광객이 얼마나 더 찾아왔는지는 알 수 없다. 다만 나는 이런 생각을 해 본다. 일을 보는 동안에 마룻바닥을 타고 드는 바람이 부드럽게 엉덩이를 씻겨주면 좋겠고, 창살 사이로 부서지는 햇살과 뒹구는 낙엽들을 볼 수 있으면 좋겠다. 비가 내리면 몇 방울의 빗물이 들이치고 맑은 날에는 풀벌레 소리나 매미 우는 소리도 들린다면 더욱 좋겠다. 그러려면 스피커를 통해 우렁찬 독경소리와 찬불가 같은 것을 틀어놓으면 안 될 것이다. 이곳에 오면 고향에 온 듯한, 그 옛날의 우리 집에 돌아온 것 같은 편안함과 친근함에 빠져들고 싶다. 그 때문에 여기에서는 하얀 플라스틱 휴지걸이나 빨간 칠의 소화기가 덜컥덜컥 눈에 띄면 곤란하다. 세련된 폰트로 "파리야 극락 가자"라든가 "화장실을 깨끗이 사용합시다"라든가 하는 안내문 따위, "지방문화재 ○○○호"라든가 "선암사 뒷간의 유래" 등등을 새겨 놓은 판때기 따위도 붙이지 않았으면 좋겠다. 볼일 보는 것은 극히 원초적인 행위다. 무방비 상태로 앉아 있을 때라야 근원적이고 심오한 상념에 빠져들 수 있다. 시원하게 엉덩이를 깐 뒤에 느긋하게 시간의 흐름과 자연의 소리를 즐길 수 있는 그런 곳을 그려본다.

요즘 화장실들은 청결에 목숨을 건다. 좀 한다 하는 화장실에는 화분이나 각종 경구, 그림 액자, 여기에 감미로운 음악까지 동원된다. 청소부의 명부까지 붙여 놓고 시간별로 확인하기도 한다. 그러나 뒷간의 거시기들은 자연으로 돌아갈 수 없는, 오로지 오염물이자 쓰레기일 뿐이다. 모름지기 모든 생물은 자신의 배설물을 자연을 통해 자연스럽게 분해한다. 아마도 인간만이 예외일 것이다. 전통적인 뒷간, 재래식 뒷간의 핵심은 푸세식이다. 푸세식의 의미는 순환이며, 생태계를 위한 트랜스포머(transformer)의 기능이라는 점이다. 따라서 재래식 뒷간을 잘 보존하려 한다면, 배설물이 아래로 내려가 나무 재든, 톱밥이든, 낙엽이든 그런 것들과 뒤섞여 바람과 시간 속에서 퇴비로 잘 익어갈 수 있어야 한다. 그렇게 만든 퇴비는 사찰에 딸린 밭이나 농장, 그도 아니면 주변의 농토에 활용되어야 할 것이다. 싸고 난 뒤에 후속적으로 어떤 순환의 과정이 원활히 이루어져야 재래식 뒷간의 본성이 명확해지는 것이다.

　물론 모든 뒷간이 그래야 하는 것은 아니다. 그러나 선암사 뒷간이라면 아껴둘 필요가 있지 않을까? 아랫도리를 깐 뒤에는 한적한 자연 속에서 명상에 빠져들고, 싼 뒤에는 일련의 생명적인 순환이 시작되는 곳, 그렇다면 선암사 화장실의 이름은 '깐뒤'가 지극히 합당할 것이리라. 과연 그럴 수 있다면 시인과 소설가의 말을 뻥이었다고 하지 않겠다.

　나는 정말로 맛있게 똥을 눌 수 있는 뒷간이 있었으면 좋겠다.

난 갈비찜을
좋아하는데

갈비찜을 만들 때 제일 중요한 것은
식히는 과정이다.
갈비를 푹 끓이다가(찌는 거 아닌가?)
식히면 뿌옇게 기름이 굳어 오른다.
이걸 걷어내고 또 끓이고
또 식히고 또 걷어내고….

끓일 줄만 알았지, 식힐 줄 모르는 것이
우리의 문제가 된 것은 아닐지?
하얗게 굳어 오른 기름을 걷어내는
심심하고 지루하고 느슨한 주말 보내시길….

SNS
먹방

메신저로 대화 중인데 유선전화가 온다. 전화를 받아들고 통화하려는데, 이번에는 핸드폰이 울린다. 다른 손으로 핸드폰을 잡을 때 공교롭게도 누군가가 내 자리로 온다. 이거 무지 바쁜 건가? 한가한 건 아니지만 바쁘다 하기도 좀 이상하다.

메신저든, 카톡이든, 페북이든, 핸드폰이든, 유선전화든 상대는 모두 저편에 있다. 어떤 이도 실체는 보이지 않는다. 그들은 불과 몇 초의 시간도 기다려 주지 않고 나를 재촉한다. 정작 나를 찾아온 그 사람은 어수선하고 난감한 상황이 수습될 때까지 나를 기다려 준다.

소통은 증대되고 원활해져야 한다. 그러나 제어할 수 없는 무지막지한 증식은 암(cancer)이다. 자본은 증식 본능으로 모든 것을 증식 프로그램의 구조 속으로 편입시킬 수 있다. 미디어 기술이 확장되고 자본(빅브라더)이 개입해 컨베이어벨트에 커뮤니케이션 관련 부품들을 올려놓았을 때, 소통은 무한정으로 증식될 것이다. 소통이 아니라 소통 방식의 증식 말이다. 그리하여 소통이 암이 되는 시절이 온다면?

　　나를 찾아온 실체의 그이는 더 오랜 시간을 기다리는 수밖에 없다. 기다리다 지쳐 가버리거나 다신 찾아오지 않을 수도 있다.

맛있는 거 먹자고 만나자 하지는 않고 럭셔리한 음식 사진만 날려준다? 맛있게 잘 봤다고 해야 하나? 막 부러워해야 하나?

소통의 증식이다. 맛의 소통, 맛의 증식! 마침내 그 음식이 별로 먹고 싶지 않아진다.

아름다운
식사

해물찜

점심을 구내식당에서 후지게 먹었더니(대부분의 구내식당이 후진 건 왜 그럴까?)
저녁은 좀 제대로 먹고 싶다. 둘이서 시장통을 기웃대다가 해물찜을 먹
기로 합의.

이 집 해물찜은 단언컨대 ○○동 쪽에 있는 해물찜 집보다 더 맛있다.
둘이 먹기는 좀 많을듯하여 좀 적게 주문할 수는 없는지 물어봤더니, "보통
두 사람이 다 먹을 수 있어요"라고 한다. 시켜놓고 보니, 웬걸? 둘이 먹다가
둘 다 죽어도 모를 만큼 양이 많더라. 사람 심리가 눈앞에 먹을 것이 있으면
다 먹어야 된다는 묘한 의무감과 강박감이 생긴다.

그리하여 꾸역꾸역 다 먹고, 밥까지 볶아 먹었다. 최선을 다했다.
그런데 숨쉬기가 힘들다. 기분 좋은 포만감이 아니라 불쾌한 배부름이 이
어진다. 왜 손님에 맞춰 음식이 나오는 것이 아니라 음식량에 맞춰 손님
이 먹어야 하나?

생태찌개

사람들이 바글거려 예약하고 가도 기다릴 때가 많다.

요즘 생태라 하면 분명 수입산일 테지만, 그런대로 시원한 국물 맛
이 느껴지는 곳이다.

하루는 불판에 올려놓은 냄비가 끓기를 기다리며 국자를 넣어 뒤적이

고 있는데, 주인 할매가 득달같이 다가오더니 냄비 뚜껑을 낚아채 확 닫는다.

"뚜껑을 닫아 놔야지, 열면 어째요." 그리고 잠시 후, 각자의 접시에 두부 한 개와 무 쪼가리, 약간의 국물을 떠준다.

"두부하고 국물 먼저 드시고 한번 끓고 난 뒤에 생태 드셔야지."라고 힐책하면서 주방 쪽으로 사라진다.

이런! 찌개 한 냄비 먹는데 야단까지 맞아가며? 남이사?(손님이다!). 두부를 먼저 먹든, 생태 대가리를 먼저 먹든 젠~장.

부대찌개

가수에 탤런트에 개그맨에 운동선수 등등 엄청나게 많은 연예인과 스포츠 스타들이 주인장이랑 어깨동무하고 찍은 사진이 벽에 그득 붙어 있다.

어느 날, 이 집에서 식사를 하고 있는데, 50대로 보이는 아저씨가 들어왔다. 이른바 혼밥이다.

(주인장) "혼자 오셨어요?"

(아저씨) "네"

(주인장) "일인분은 안 팔아요? 그냥 가세요."

(아저씨) "아? 부대찌개 먹고 싶어 왔는데… (우물쭈물)"

(주인장) "아. 일인분은 안 판다니까요?"(다소 앙칼지고 짜증 섞인 목소리로.)

(아저씨) "야이 씨, 내가 그 잘난 찌개, 일인분을 먹을지 삼인분을 먹을지 어떻게 아냐? 내 참 드러워서. 간다, 가! 10팔"

1분도
안 걸린다?

벌써 꼬박 석 달 열흘을 이빨 때문에 시달리는 중이다. 이빨 두 개가 시큰거려 두어 달 신경치료를 받았고, 그중 하나가 흔들렸고 그래서인지 잇몸에 염증이 생겼고(염증 때문에 이가 흔들렸는지, 이가 흔들려 염증이 생겼는지 알 길이 없다) 그래서 뽑아야 한단다. 기껏 신경치료 하느라 몇 달을 고생했구먼, 결과적으로 헛발질한 거다.

계속 경과를 보며 치료받다가 종합병원으로 옮겨 새로 잇몸치료를 시작했는데, 흔들리는 이빨은 아무래도 뽑아야 한단다. 아! 드뎌 임플란트를 장착해야 하는구나!

　　치주과에 발치 예약을 한 뒤 며칠이 지나지 않아 반대편 잇몸 쪽이 또 아파 보철과로 갔더니 아말감으로 땜빵했던 곳이 깨졌단다. 우선 그거부터 해결해야 한다. 거기마저 못쓰게 되면 팔자에도 없는 단식을 해야 할 판이다. 깨진 아말감 조각이 이빨과 잇몸 사이에 끼여 꽤 아팠는데, 그라인더로 윙윙~ 작업!(무지하게 오래 했다) 이제 안 아플 거라고 한다. 그런데 그 깨져 나간 부위를 다시 때우려면 일정이 한 달 후에나 가능하단다. 그러니 다시 때우는 작업은 로컬(동네가 아니라 분명 '로컬'이라고 말했다)에 가서 해결하는 게 편할 거라고 친절하게 안내해 준다. 기운이 없어 욕도 안 나온다.

할 수 없이 치주과로 가서 이빨 뽑기로 한 스케줄을 한참 뒤로 미루고 사무실에서 가까운 치과로 이동, 다시 처음부터 시작이다. 접수하고 진료카

드 작성하고 의자에 누워 사진 찍고, 깨진 부위는 땜빵으로 안 되니 크라운을 씌워야 한단다. 그리고 그 흔들린다는(알고 보니 뿌리 부분이 깨져 있었던) 이빨도 뽑는 게 좋겠다고.

네~ 그리 합지요.

어금니에 또 하나의 번쩍거리는 금관을 씌웠다. 겨우 한숨을 돌리나 싶은데,

(의사 양반) "거 뽑기로 한 이빨 지금 바로 뽑죠?"

(나) "지금요? 아직 마음의 준비가 안 되어서… 다음에요."

(의사 양반) "거 1분도 안 걸리는데"

(나) "1분도 안 걸리니 깔끔하게 확 뽑아버리라고…?"(마음속으로만)

이빨 하나 정도는 1분이면 뽑을 수 있고 감쪽같이 교환 가능한 사소한 부속품? 연식이 오래 되어 소심해진 나는 언짢은 내색도 못 하고 얌전하게, '그래야 하나?' 하며 고민에 빠진다.

난 치과 진료대에 입을 쩌~억 벌린 채 숨을 꼴딱거리며 누워 있으면, 아! 사는 게 뭔가 하는 생각을 하다가도 이내 선잠이 드는 스타일이다.

오늘 진료 끝나면 금관 씌운 이빨로 일단 맛있는 거나 쫙쫙 씹어 먹으련다.

Just do it!

어제는 지나간 오늘이며, 내일은 다가올 오늘일 뿐, 오로지 닥쳐 있는 오늘이 문제일 뿐… (조선시대 선비 이용휴).

지나간 끼니는 현재의 끼니를 해결하지 못하며 다가올 끼니도 지금의 끼니를 해결하지 못하는 것, 오로지 지금의 끼니가 문제일 뿐… (소설가 김훈).

오늘 먹을 끼니를 내일로 미루지는 않으면서 오늘 할 일을 내일로 미루는 사람은 많다. 내일 먹을 끼니를 오늘로 당겨먹지 않으면서 내일 해도 될 일을 오늘 당겨 하는 사람도 많다.

지금 해야 하는 것은 지금에만 할 수 있다. 과거도 미래도 중요하지 않다. 오로지 중요한 것은 끝없는 현재뿐이다.

똑똑한 식사
vs.
현명한 식사

음식을 먹는 법을 안다.

가까운 곳에서 시작해 먼 곳의 음식을 찾아다닌다.

익숙한 습관과 미각을 총동원해 음식을 먹는다.

음식에 대한 풍부한 정보와 노련한 기술을 가지고 있다.

미식을 위해서라면 몸과 마음을 아끼지 않는다.

vs.

음식을 먹는 이유를 안다.

먼 곳의 음식도 가까운 곳에서 먹을 수 있도록 한다.

지속적으로 새로운 식생활과 미각을 개발한다.

음식에 대해 획득한 정보와 기술을 최대한 연마하고 발휘할 줄 안다.

몸과 마음을 위해서라면 주저 없이 미식에 몰입한다.

길거리
뷔페

기차 출발 시각까지 약 2시간 반 정도 시간이 남아 있어 일행과 부산 광복동을 돌아다니기로 했다.

일단 탤런트 이승기가 사 먹어서 유명해졌다는 '씨앗호떡'을 하나씩 사 먹고 광복동 '18번지 완당'으로 갔다. 여기서는 두 그릇만 시켜서 넷이 나누어 먹는다.

다시 시장통으로 들어가 '어묵과 유부주머니'를 하나씩 먹고, '할매집 회국수'로 간다. 여기서도 두 그릇만 시켜서 넷이 나누어 먹는다. 소면보단 좀 굵은 밀가루 면에 상추 몇 조각과 가오리 회를 얹은 국수에 초장이 뿌려져 있다. 무지하게 맵다.

다시 '꼼장어구이'집으로 가서 역시 2인분만 시켜 넷이 나누어 먹는다(얼굴이 쪼매 두꺼워야 한다).

디저트로 '팥빙수'를 먹으면 된다(이것도 두 개만 시켰던 거 같다).

순서가 뒤죽박죽인데, 정식 절차를 따르자면 무지하게 매운 회국수를 먹은 뒤 팥빙수를 먹는 게 맞다고 한다.

어쨌든 성격도 식성도 전혀 다른 네 사람이(노 씨, 김 씨, 또 김 씨, 박 씨) 아무 생각도 이유도 없이 6가지 음식(호떡, 완당, 어묵유부, 회국수, 꼼장어, 팥빙수)을 연달아 먹었다.

화려함과 천박함을 동시다발적으로 숭상하는 김 모 교수님께서는 이러한 길거리 뷔페를 즐기신다고 하는데, 나이 지긋한 네 아재가 발로 뛰는 저렴한 시장 뷔페를 경험했다. 별생각 없이 싸돌아다니며 이것저것 먹고 싶은 충동이 든다면 강추!

고독한 미식가의
야나기민예관 방문

'일본민예관'이지만, 근대기의 미학자였던 야나기 무네요시(柳宗悅)에 의해 설립되어 세칭 '야나기민예관'으로 불린다. 이곳에서 '조선공예의 아름다움(朝鮮工藝の美)' 전시가 개최되고 있다. 전시실을 둘러보면 모두 조선의 공예품들로, 대부분 야나기가 생전에 수집했던 것들이다. 전시관 전부를 둘러봐도 솔직히 그저 그렇다. 우리나라의 유수 박물관과 비교하자면 몇몇 점을 빼고는 다 B급 수준일 뿐이다.

플라톤에서부터 이어지는 서구 미학을 공부하던 그가 어느 날 조선의 도

자기를 접하고 충격을 받았다. 그리고 그 도자기에 새겨진 문양에서 '쓸쓸함'을 간취하고 이를 조선의 '비애미'로 해석하면서, 자신의 미학적 지향이 점차 변화하게 된다. 바로 그때의 도자기가 포스터에 활용되었는데, 생김새가 화려하거나 빼어난 것이 아니라 극도로 평범하고 밋밋할 따름이다.

야나기는 서구 근대 예술관에 입각한 엘리트 중심의 순수예술에서 벗어난 익명성에 가까운 생활 주변의 '민중공예(민예)'에 빠졌는데, 하필 그 적확한 실증이 조선의 생활용품이었던 것이다. 예술을 위한 예술로서가 아니라, 생활의 편의가 궁극에 달해 이룩한 미라는 관점이다. 평범함이나 무심함의 미를 말한 것이다.

이러한 자신의 관점에 의거하여 돈이 생기는 대로 경매에 나온 물건을 하나씩 사모아 민예관의 초석을 만들었다. 그러니 이곳에는 현란한 스펙터클 따위는 있을 수 없다. 오로지 '평범'이라는 자신의 철학과 가치 기준에 의거해 이를 실증하는 물건을 모았으며 바로 그것이 그가 보여준 미의 이상이자 위대성이라고 하겠다. 이는 미에 대한 기존의 서구적 인식 방법에 대한 반역인 동시에, 동양(반 서양)의 미, 나아가 새로운 미의 표준을 제시하는 이정표가 되었다.

〈고독한 미식가(고독한 구루메)〉는 본래 만화를 원작으로 한 일본 드라마의 제목이다. 이것은 팔자 좋은 식도락 여행이 아니다. 작은 회사에 근무하는 평범한 세일즈맨이 바쁜 와중에 들른 지역에서 마침 배가 고파 무엇인가를 사 먹으면서 겪게 되는 이야기다. 식당은 잠시 들른, 끼니를 때우고 숨을 돌리기 위한 휴식처라는 느낌이다. 그렇다고 해서 먹는 행위나 맛 자체를 소홀히 하고 '배만 채우면 된다'라는 식은 물론 아니다. 질과 양을 만족시키면서도 여건이 허락하는 한 최대한 맛있는 것을 먹으려 하는 것이다. 도쿄를 여행하면서 이 드라마에 소개된 집을 찾아다니며 먹었더니 배가 고플 땐 순간 괜찮은 듯했지만, 정신 차리고 보니 그냥 그렇더라.

사실 고독한 미식가의 정신은 "그곳에 먹을 게 있어서 갔다"가 아니라 "그곳에 갔더니 먹을 게 있더라. 그래서 먹었다"다.

고독한 미식가란 다짜고짜 미식을 좇는 사람을 뜻하지 않는다. 평범한 일상에서도 취할 수 있는 최선의 맛을 지향하는 이를 말한다. 그러니 고독한 미식가가 하는 여행이라면 그 또한 결코 스펙터클할 수 없을 것이다. 고로, 야나기민예관과 고독한 미식가는 묘하게도 잘 어울리는 조합이었다는….

육칼 집
후계자

이 육칼 집은 가족 경영 개념으로 최근에 분점이 서너 개 생겼다. 이 동네
는 그리 큰 동네도 아니고 유명한 것도 거의 없으니 이 육칼이 나름 유명
하다고나 할까? 육개장과 칼국수를 줄여 육칼이라 한다. 육개장 국물에 칼
국수를 말아 먹는 거다.

인근에 관공서와 공장들이 있어 점심시간이면 많은 직장인들이 쏟아져 나
오지만, 이렇다 할 식당이 없다. 덕분에 육칼 집은 점심시간에는 늘 줄을
서서 기다려야 먹을 수 있다. 경험적으로 20분 정도 기다리는 것은 양호
한 편에 속한다. 식당 안의 분위기나 인테리어, 서비스는 별로 기대할 수
준이 아니다. 그러나 이곳은 초고속 스피드의 회전율을 자랑한다. 시키면
즉각 나온다.

쇠고기와 굵은 대파를 넣어 끓인 국물에 따로 나오는 칼국수 면(그
다지 쫄깃하지 않지만 괜찮다)을 넣어 먹는다. 국물을 오래 끓여 대파가 숨이 죽어
있어 부드러우며, 소고기다시다, 미원, 캡사이신 등의 양념이 잘 버무려져
있어, 나름 강렬한 맛을 느낄 수 있다. 반찬은 깍두기, 김치, 호박볶음, 콩
나물무침, 다시마채무침인데 생각보다 훌륭하다. 추가 반찬은 셀프. 고급
은 아니지만, 육개장과 칼국수라는 단일 메뉴로만 일관하며, 분명 조미료
를 사용하고 있지만, 비교적 질 좋은 고기와 대파를 충분히 사용하여 제대
로 끓여낸 국물 맛은 남부럽지 않다.

이 집의 아들은 본래 디자인을 전공하고 직장 생활을 했다고 하는데, 몇 년

전부터 부모님의 일을 돕고 있다. 그가 본격적으로 가세한 뒤부터 식당의 간판이 세련되게 바뀌었고, 앞치마에도 가게의 로고를 새겨 넣는 등 분위기를 쇄신하면서 다른 곳에도 분점을 만들어 프랜차이즈 비슷하게 발전시키려 하고 있다.

디자인이 적용되어 새로운 전기를 마련하는 것은 나쁘지 않겠지만, 점포를 늘려 질보다 양으로 경쟁하게 되면 지금까지의 명성을 유지하기 힘들어질 수 있다. 시간이 흘러도 변함없이 이 동네의 특화된 먹거리로 지속되길 기대한다.

애쓸 일

기쓰다 - 있는 힘을 다하다 (성냥불처럼 힘차고 명쾌하지만 지속성은 떨어진다).
용쓰다 - 물리적인 힘을 한꺼번에 몰아 쓰다 (장작불처럼 뜨끈하고 강력하다).
애쓰다 - 마음과 힘을 다하여 무엇을 이루려고 힘쓰다 (화롯불처럼 미약하지
만 진득하다).

기는 머릿속에서 나오고, 용은 가슴속에서 나오고, 애는 뱃속에서 나온다.
기를 쓰면 머리가 띵하고, 용을 쓰면 가슴이 답답하고, 애를 쓰면 아랫배
가 불편해진다.

나이가 들면, 머리가 둔해지고 가슴의 열기도 식지만, 소화력만은 악착같
이 유지해야 한다. 나이가 들었다 생각하면, 기를 쓰거나 용을 쓰지 말고,
그냥 애를 쓰며 살아야 하는 것이다.

날이 갈수록, 기를 쓸 일은 없고, 어쩌다 용을 쓰기는 하지만, 자꾸 애쓸 일
만 생긴다.

함부르크의
몽골 도시락

오늘은 도시락 데이란다. '도시락 데이'는, 날씨가 포근해지니 꽃구경도 할 겸, 야외에서 우르르 모여 주문한 도시락을 먹고 직원 간의 친목을 다지는 날을 말한다. 그런데 햄버거란다. 그럼 반찬은? 캔 콜라 하나씩이다.

햄버거? 그 옛날 말 타던 칭기즈칸의 무리들은 고기를 즐겨 먹었는데, 저장하는 방법이 색달랐다. 겨울에는 소나 말을 한 마리 잡으면 당장 먹을 것은 빼고 나머지는 얇게 포를 떠서 영하의 사막 눈밭 위에 며칠씩 말렸다. 동해안의 황태덕장에서 명태를 말리듯이….

마침내 눈과 바람과 햇빛에 쪼그라들어 나무 방망이로 두들겨 패면 잘게 바스러져 자신의 방광(오줌통)에 지 몸뚱이 거의 전부가 들어갈 정도가 된다. 어디론가 이동할 때 이 오줌통만 가져가면 되니 꽤 간편하기도 했을 것이다. 그러다가 숙영지에 이르면 이 오줌통 속의 말린 고기를 커다란 솥에 쏟아 넣고 물을 부어 푹푹 끓인다. 한 20~30명은 거뜬히 식사할 수 있다.

그럼 안 추울 때는? 이때는 고기를 잘게 저며 적당히 소금 간을 해서 말안장 밑에 넣고 돌아다닌다. 따그닥 따그닥 한참 돌아 다니다 보면 안장 밑의 고기가 야들야들하게 숙성이 된다. 이것을 입에 넣고 질겅질겅 씹어 먹으면 된다.

몽골이 한반도를 침략하면서 이 풍습도 들어왔을 것인데, 고려인들은 이 비릿한 날고기를 그냥 먹기가 거시기해 양념에 버무리고 야채나 과일도 섞어 먹었는데, 이것이 지금의 '육회'가 되었다.

이 육회 스타일의 생고기가 칭기즈칸의 정벌 경로를 따라 저 멀리 지금의 독일 지역까지 퍼졌는데, 게르만족이나 북방 민족들도 이 생고기를 그냥 먹기가 거시기해 철판에 올려 익힌 뒤 빵 속에 넣어 먹었는데 그 맛이 좋았다. 그래서 이를 그 지역의 이름을 따서 '함부르크 스테이크'라고 했다. 확 줄여서 햄. 버. 거.

이 음식이 유럽 전역에 좍 퍼지면서 유명해졌고, 세월이 많이 흐른 뒤에 이를 글로벌 스탠다드로 상품화한 자들이 미국인들이다. 지금은 맥도날드나 버거킹 같은 업체들이 그렇게 만든 햄버거를 몽골은 물론 고려 땅에까지 와서 되팔아먹고 있다.

후다닥 만들어 후다닥 먹는 음식은 유목민의 스타일이다. 요즘을 디지털 유목 시대라 하니, 햄버거가 잘 어울리기야 할 테지만, 시간 속에서 숙성되지 못한 것은 아무래도 품격이 떨어질 수밖에 없다. 사건과 사물에 문화가 담기려면 시간이 필요하다.

배가
고프다

9
3

TV 대담 프로그램에서,
(진행자) "어떻게 연기를 그렇게 실감 나게 잘하세요?"
(윤여정) "배가 고파 보세요."

월드컵에서 한국 팀이 8강에 진입한 뒤,
(히딩크) "아직도 배가 고프다."

배고픈 자들이어야 프로가 될 수 있다.
배부른 자들은 아마추어일 뿐이다.

적어도 하루에 세 번은 프로가 되어야 한다.
그 허기가 위장에서 오든 영혼에서 오든.

부부간의
정

칼국수는 흔히 부추김치랑 같이 먹는다.

경상도(전라도, 충청도 포함)에서는 국수를 국시라 하고 부추를 정구지(精久持)라고 한다. 한자를 풀어보면 오랫동안 '부부간의 정'을 유지한다는 뜻이다.

정구지는 신장을 따뜻하게 하고 생식 기능을 좋게 하고 기타 등등 이것저것 몸에 좋다고 한다.

남자의 양기를 세운다하여 기양초(起陽草)라고 하며, 과부집 담을 넘을 정도로 힘이 생긴다하여 월담초(越譚草)라고도 하고 운우지정을 나누면 초가삼간이 무너진다고 하여 파옥초(破屋草)라고도 하며, 장복하면 오줌줄기가 벽을 뚫는다하여 파벽초(破壁草)라고도 하였다.

한마디로 말해 정력 식품이다. '부추 씻은 첫물은 아들도 안주고 사위에게 준다.'는 말이 있다. 아들에게 주면 며느리가 좋으니 사위에게 먹여 딸이 좋도록 하겠다는.

정구지, 눈에 띠는 대로 먹어야 할 판이다.

술술
넘어간다

술술 넘어간다는 술이 내 목구멍으로는 잘 안 넘어간다.

　　아주 못 넘기는 건 아니지만 과하면 뱃속이 부글거리면서 졸리고 좀 더 과해지면 온몸이 가려워지기 시작한다. 하여 보통은 그 난리 전에 멈추게 된다.

술은 썩 괜찮은 음식(음료)이긴 하다. 느끼한 장궤(중국) 요리엔 입을 개운하게 헹궈주는 고량주가 필요하고, 미디엄 웰던 스테이크를 씹을 땐 삼삼한 와인이 고기 맛을 돋운다. 추운 북쪽 지방에서는 냉기를 없애기 위해 얼린 보드카를 마셔야 할 테고, 모내기하는 농촌에선 손가락으로 저어가며 마시는 막걸리가 제격일 테다.

　　정종이든 위스키든 럼주든 모두 그 특질에 맞는 분위기와 상황, 어울리는 음식이 있다. 술은 음식의 버금 딸림이요 필수 요소다. 이것 말고도 술로 인해 발생하는 미묘한 작용과 효과는 헤아릴 수 없이 무궁무진하다. 박카스 신에게 경의를!

'언제 소주(술)나 한잔 합시다'는 뭘까? '스테이크 잘하는 데가 있습니다. 또는 그 집이 80년 된 도가니탕 집이라는데요'가 아닌….

　　어색한 인간관계를 풀어주기 위해 개발된 술이 소주가 아니며, 껄끄러운 사교활동을 원활하게 하려고 발명한 것이 술이 아닐 진데, 다짜고짜 술인 것이다.

매사 술을 앞세우는 이들은 당연히 술을 엄청 사랑하며, 술을 예찬하며, 술이 아니면 이 험한 세상을 어찌 살지 걱정한다. 그럴 수도 있다.

술을 안 즐기는 사람은 술을 즐기는 사람에게 왜 술을 즐기는지 따져 묻지 않는다. 그런데 술을 즐기는 사람은 술을 즐기지 않는 사람과 함께한 자리에서도 왜 일방적으로 술을 주문하고 자리를 술판으로 만드는가 말이다. '으~리', '원 샷'뿐인 술자리는 재미없고 지루하다.

웃기는
짜장면

"짜장면 시키신 분?"이라고 외친 바로 요거 때문에 마라도 짜장면이 유명해졌다.

우리나라 최남단에 있는 마라도는 인구 100명도 안 되는 작은 섬이다. 십 년도 더 전에 가본 곳이라 기억이 가물가물한데, 제주도에서 배를 타고 들어갔던 것 같다.

여기 오면 짜장면을 먹어야 한다는데(짜장면 말고는 딱히 먹을 것도 없다), 짜장면 위에 잘게 썰어 올린 오징어가 뽀인트다. 섬이니 육류를 구하기 어려워 남해에서 잡히는 해물(오징어, 홍합, 톳 등등)을 이용해 짜장소스를 만든 것이다. 대충 삼선 짜장 비스무레하지만 시원한 맛이 한층 뛰어나다. 얄팍하지만 시원한 맛, 바로 그게 마라도 짜장면의 매력이라고 하겠다.

이후 TV 프로그램 등에서 마라도 짜장면이 뜨는가 싶더니, 최근 특허까지 냈단다. 지금은 유명세를 타고 그 조그마한 마라도에 대여섯 개의 짜장면 집이 생겼다. 한쪽은 '원조'라 우기고, 다른 쪽은 방송에 나왔음을 시위하는 각종 현수막으로 도배한 채….

최근 마라도를 다녀온 사람들에 따르면 마라도 짜장면에 들어간 오징어가 큼직하긴 한데, 표면이 까칠까칠하다고 한다(칠레산 대왕오징어일 확률 95%, 오징어 다리가 안 섞여 있으면 무조건 수입산으로 보면 된다).

뭐가 한번 유명해지면 너도나도 덤벼드는 세상이다. 깡그리 획일화시켜 버린다.

웃기는 짜장면 같으니라고.

냉면
땡기는 날

1
9
8

마른장마라더니 비는 오지 않고 아침부터 후덥지근하다.

　　누구는 을밀대, 누구는 오장동, 누구는 우래옥, 누구는 을지면옥을 꼽는다. 또 물냉면은 평양식, 비빔냉면은 함흥식이라고도 한다. 하지만 다 자기 입맛대로다. 난 개인적으로 물은 을밀대, 비빔은 오장동을 선호하는데, 점차 나이 들면서 찐하고 간간한 비빔보다는 밍밍한 물을 더 자주 찾게 된다 (몇 해 전 에어컨이 고장 난 버스를 탄 채 중앙아시아의 키질 사막을 힘겹게 달릴 때 어찌나 을밀대가 생각나던지…).

그렇다면 냉면의 본가는 평양인가? 메밀로 면을 뽑아 국수를 말아 먹는 전통은 한반도 전역에 있었다. 일제강점기 때부터 메밀냉면 중에 평양의 것이 맛있다고 소문이 나면서 냉면 가게들이 다들 평양냉면이라고 간판을 붙여 평양냉면이 유명해졌다.

　　1948년 경향신문의 기사다.

　　"냉면옥(冷麵屋)에는 흔히 '평양냉면'이라는 문구가 쓰여 있다. 평양냉면이 아무리 맛있은들 삼팔선을 넘어 운반해왔단 말인가요. 서울서 만드는 냉면을 평양냉면이라고 하는 건 새빨간 거짓말."

전문가의 말에 따르면 냉면에 원조라는 건 없단다. 서울에는 서울냉면이 있고 평양에는 평양냉면, 함흥에는 함흥냉면, 진주에는 진주냉면이 있을 뿐이다(난 진주냉면이 좋다). 냉면은 우리나라 전 지역에서 광범위하게 먹었던 음식으로 풍토나 산물에 따라 회를 넣기도 하고 고기를 넣기도 하고 육전을 넣기도 하고 동치미를 넣기도 한다.

　다들 평양냉면이라고 우기니 냉면은 평양냉면밖에 없는 시절이 되었다. 마포냉면, 미아리냉면 같은 냉면도 있을 수 있는데 말이다.

걸핏하면 원조 타령이다. 옛날 방식 그대로라고 하는데, 전통이 나쁘다는 얘기가 아니다. 전통(had, have + ing)을 묵수(墨守, had pp)로 착각하는 것이 문제라는 것이다. 전통은 정지된 것이 아니라 살아 숨 쉬어야 하는 것이다. 당연하지만 음식도 약동하는 생명력으로 충만해야 한다.

히~야
맛있겠다

변상벽의
「병아리를 돌보는 어미 닭과 수탉(雌雄將雛)」
(간송미술문화재단 제공)

변상벽(和齋 卞相璧)의 그림이다. 빨간 볏과 'V'자 형으로 꼬부라진 검은 꼬리를 보면 이 수탉은 꽤나 위엄이 있다. 머리에 달린 큼직한 볏은 세도 꽤나 부리는 벼슬아치를 연상케 하며, 부리 아래로 늘어진 볏은 늘어뜨린 턱수염 같고, 검은 꼬리에 잔뜩 후까시를 넣어 물줄기처럼 양쪽으로 드리운 모습은 마치 아무나 입지 못하는 고위직의 관복을 차려입은 듯하다. 필시 조정에서 한 자리 차지하고 있는 닭임이 틀림없다. 얼굴 표정 또한 극히 위압적이다. 목의 깃털도 잔뜩 세워 노기가 서려 있다. 서슬 퍼런 목소리

로 "이 자식들(병아리들), 냉큼 내 앞에 집합하라니까 뭣들 하고 있냐?"라고
눈을 부라리고 있지만, 여기에 기가 질린 병아리는 한 마리도 없다. 호기심
많은 한 병아리가 호통 소리에 놀라 잠시 돌아서긴 했지만, 천진한 눈망울
로 말똥히 쳐다보기만 한다.

　　검은 수탉 뒤에 흰색 암탉 한마리가 서 있다. 이 잘난 수탉을 떠받
드는 시종일까? 글쎄?

　　　이 그림에서 누런 암탉과 검은 수탉을 부부라고 치자. 그러면 수
탉 뒤에 숨어서 이렇다 하게 나서지도 못하고 요리조리 눈치를 보는 듯한
인상의 이 흰색 암탉이야말로 수탉의 첩실이거나 후처쯤 되겠다. 생김새가
다소 젊어(?) 보일 뿐 아니라 몸을 치장한 색깔 또한 누런 암탉보다는 훨씬
화사하다. 한편 왼편의 누런 암탉은 당당하게 자식들을 거느린 채 허풍 떠
는 영감님과 그의 요사스런 첩실에게 보란 듯이 시위를 하는 안방마님처럼
보인다. 수탉은 겉으로만 허세를 떨지, 실제의 권력은 이 누런 암탉이 장악
하고 있는 것이다. 조선 시대 세도가의 실상도 이런 식이 아니었을까?

이 그림의 왼쪽 위에 후배 화가인 마군후(馬君厚)라는 사람이 글을 써 놓았
다. "흰 털과 검은 뼈로 무리 중에 홀로 뛰어나니, 비록 기질은 다르더라
도 오덕을 갖추었네. 약방에서 묘함을 일컫기를 아마도 삼과 약재가 어우
러지면 최고의 공을 세우리로다(白毛烏骨獨超群 氣質雖殊伍德存 楯醫家修妙藥 擬同蔘

尤策奇勳)." 여기서 오덕이란, 첫째, 머리 위에 벼슬을 달고 있으니 분명 과거에 붙을 만큼 문장이 뛰어날 테고, 둘째, 발톱이 날카로워 싸움에도 능할 것이며, 셋째, 일단 싸웠다 하면 맹렬하고 용맹스러우며, 넷째, 먹이를 먹을 때 모두를 불러 모으니 마음씨가 착하고, 다섯째, 새벽마다 '꼬끼오' 하고 울어대니 시계처럼 믿을 만하다는 것이다(文, 武, 勇, 仁, 信). 오덕을 언급한 연후 마지막에 "인삼과 약재를 함께 해야 최고의 공을 세울 수 있을 것"이라고 썼다.

여리 가시 덕목도 좋지만, 뭐니 뭐니 해도 닭은 역시 삼계탕이 최고라는 말씀이다. 변상벽 역시 꽤나 공을 들여 이 그림을 그렸을 터인데, 감상이랍시고 써 놓은 글이 삼계탕 타령이니, 그는 후배의 농짓거리를 잘도 받아 주었던 모양이다. 혹은 글을 쓴 뒤, 둘이 마주 보며 낄낄대고 웃어댔을지도 모른다.

우리 아들이 대여섯 살 무렵 동해안으로 놀러 갔을 때던가. 어느 횟집의 대형 수족관 앞에서 아이를 불렀다. "○○야, 고기 봐라, 와~ 크다 커" 수족관 앞에 바짝 붙어 선 아이가 헤엄치는 고기를 따라 눈동자를 뛰룩뛰룩, 이리저리 보더니 "히~야 맛있겠다!"라고 깔끔하게 한마디 한다. 요런 맹랑한 녀석이라니! 헤엄치는 물고기를 먹거리로 보는 어린 아이나(하긴 조만간 먹혀야 될 운명인 것은 맞지만) 병아리와 마실 나온 닭들을 보고 삼계탕을 떠올리는 마군후 어르신이나 천진무구하다.

현재, 대부분의 닭과 달걀은 공장형 농장에서 대량생산되고 있으며, 그렇게 하여 지구 상에는 약 240억 마리 이상의 닭들이 있다. 닭이 철철 넘치는 세상이니 단돈 만 원 이내에 적당한 크기의 생닭 한 마리를 살 수 있다. 자연 상태에서는 어미 닭이 알에서 나온 병아리를 키워 독립시키는 데 대략 45일 정도 걸린다. 그러나 삼계탕용으로 판매되는 닭의 생육 기간은 보통 30일 정도로(수명이 30일이라는 얘기) 이들의 일생은 그야말로 인간의 먹이로 만들어지는 고통의 과정이다.

오늘 닭을 먹어야 하는 날이란다.

물은
물일뿐

"당신이 무엇을 먹는지 말해 달라. 그러면 당신이 어떤 사람인지 말해 주겠다."

– 브리아 샤바랭(프랑스의 미식가)

초등학생 때 담임선생께서 말씀하셨다. 저 멀리 중동에 있는 쿠웨이트 같
은 나라에서는 땅에서 석유가 무한정 나와 그걸 팔아 돈을 번다. 다들 빨간
스포츠카를 타고 다닌다. 우리나라는 금수강산이라 워낙 물이 좋은데, 이
다음에 그들에게 물을 팔면 된다. "에이 공갈치시네, 무슨 물을 돈 주고 사
먹어요?"(마시는 물을 처음 팔기 시작한 것은 '에비앙'이다.)

한 20여 년 전 양평 근교를 여행할 때였다. 어떤 생수 회사가 트럭에 생수
통을 잔뜩 싣고 와서 지하수 물을 퍼 담고 있었다. "이런 나쁜 쎄이들, 이래
서 우리나라가 선진국이 안 되는 거야."

미국의 양대 음료 회사인 펩시와 코카콜라는 모두 생수 제품을 출시하고
있다. 그들이 하는 일이란 각 지방의 수돗물을 정수하고 광물 성분을 첨가
해 병에 담는 것뿐이다. 그리고 광고를 하는 것이다. 이 사업에는 펩시가
먼저 뛰어들어 캔자스에서 자사의 생수인 '아쿠아피나(Acqua Panna)'에 대
한 시험을 해보았다. 시험 결과, 펩시의 경영진들이 경악한 것은 소비자들
이 그 물이 특별한 생수가 아니라 자신들의 집에서 마시는 물과 똑같은 수
돗물이라는 것을 알고도 전혀 분개하지 않았다는 사실이다.

그 물이 어떤 물이건 그게 무슨 상관이란 말인가? '아쿠아피나'를 사서 마시는 사람들은 '아쿠아피나'라는 이름과 라벨, 병과 광고를 좋아하는 것이다.

"당신이 어떤 물을 마시는지 말해 달라. 그러면 나는 당신이 어떤 사람이건 결국 H_2O를 마신다는 사실을 말해 주겠다."

메뚜기
전성시대

할아버지를 따라나설 작정인데, 날 떼어놓고 가시겠단다. 안 따라가는 대신에 메뚜기를 잡아달라고 네고(negotiation)를 했다. 추수철이 되면 잘 여문 나락 알만큼이나 살이 통통하게 오른 황금빛 메뚜기들이 벼 이삭 사이에 지천이었다.

그날 할아버지는 늦게 돌아오셨고 난 이미 잠에 빠졌을 거다.

자다가 깨보니 윗목에 병이 하나 보인다. 메뚜기를 잡으면 보통은 강아지풀에 꿰는데, 그날은 병 속에 넣어 갖고 오신 것이다. 몽롱한 상태로 몸을 일으킨 채, 병을 뒤엎어 메뚜기를 꺼내보면서 흐뭇해했다. 그런데 이놈의 메뚜기들이 병 속에서 빠져나오니 이리저리 마구 뛰어다닌다. 메뚜기를 잡아 다시 병 속에 집어넣어야 하니 컴컴한 방바닥을 한참이나 기어 다녔을 거다.

이튿날 아침 밥상에도 메뚜기볶음이 나왔다. 짙은 갈색의 반질반질한 메뚜기볶음은 약간 꺼끌꺼끌한 느낌이었지만 평소에는 먹을 수 없는 특식이었다.

얼마 전, TV에서 곤충을 주제로 한 음식들이 소개되었다. 크림파스타에는 밀웜이라고 불리는 갈색거저리의 유충이 들어가 있고 토마토 파스타에는 귀뚜라미가 들어가 있다.

(나레이터) "곤충은 음식뿐 아니라 의료, 애완, 농업 등 다양한 분야에서 고부가가치 신성장동력 산업으로 그 잠재력과 가능성을 인정받고 있습니다. 해롭거나,

별 쓸모없게 여겨지던, 심지어 혐오의 상징이던 곤충이 이제 인류의 미개발 자원으로 새롭게 주목받고 있습니다."

(셰프) "곤충을 아직 꺼리시는 분들이 많이 계셔서 저희는 일단 분말화해서 보이지 않게 만든 다음에 고단백 식품으로 손님들에게 제공하고 있습니다."

이어서 곤충 요리가 주목받는 이유는 곤충의 영양학적 가치 때문이라고 한다.

신성장동력 산업, 잠재력, 가능성, 인류의 미개발 자원이라고 하는데, 아… 곤충도 산업이구나? 인간은 한없이 맛을 탐닉한다. 끝없이 자원을 거덜 낸다. 이 대목에서 문득 직업병! '박물관 무료입장', '박물관 야간개장', '박물관 연중무휴'라는 슬로건이 겹쳐진다.

더 이상 맛볼 것도, 더 이상 개발할 것도, 더 이상 소비할 것도, 더 이상 누릴 것도 없을 때까지 과학기술은 발달될 것이고 문화 예술은 중흥될 것이다.

딱
한잔

자타가 공인하는 카리스마의 본좌, 탤런트 최민수가 언젠가 TV 대담 프로
그램에 나왔다. 자신이 술을 끊은 것에 대해 얘기하는데, 끊긴 끊었는데 술
이 너무도 마시고 싶어 일주일에 맥주 딱 한 잔만 먹기로 했단다.

일주일에 딱 한 잔만 마셔야 하니 그냥 홀딱 마셔치울 수는 없고, 온몸을 열어
심호흡을 크게 한 뒤, 좌~악 마셨을 듯. 카리스마가 흠씬 풍기는 자태이리라.

이건 소주건 와인이건 위스키건 뭐든 마찬가지다. 한 방울도 헛되지 않게 싹싹 긁어서 꼭꼭 씹어 마셔야 하는 것이다.

하얀 거품은 맥주 속의 탄산가스가 밖으로 새지 않도록 하고, 맥주가 산화되는 것을 방지한다. 대개의 맥주병이 갈색인 이유 역시 직사광선을 받으면 맥주가 산화되어 특유의 맛과 향을 잃어버리므로 이를 방지하기 위한 것이다.

적당히 뱃속을 비워 일말의 허기와 갈증을 조장한 뒤, 마음 깊은 곳에서부터 맥주를 갈망한다. 이어서 코로 향을 흠씬 들이킨다. 뭉게구름 떠가는 하늘과 산들바람에 일렁이는 푸른 보리밭을 떠올리면 더욱 좋을 것이다. 목구멍으로 맥주가 밀려오면, 거칠고 푸석한 동굴이 단비에 젖듯, 목전체가 촉촉해지면서 서늘한 쾌함에 빠지게 될 것이다. 이제 혀의 모든 세포와 말초신경이 나서야 한다. 발효된 보리 액이 혓바닥에 삼투되면, 뒤통수 한쪽에서부터 진도 2.5의 띵함이 시작된다. 약간의 미열도 동반할 것이다. 향기와 온도, 점성과 밀도, 목 넘김은 물론 거품 속의 공기 입자까지 샅샅이 취해야 한다.

열 잔 쯤 마실 수 있다면, 열 잔 각각 자신의 맛을 주장하면 된다. 열 잔은 삼라만상의 세계다.

그러나 한 잔 밖에 마시지 못한다면, 어쩔 수 없이 받아들이는 쪽이 최대한 열리는 수밖에 없다.

외계의 온전한 맛은 자아의 활짝 열림을 통해서만 가능하다.

반듯한 몸가짐, 경건한 마음, 정미(精美)한 감성이 없이 그저 맛만을 향해 돌진하는 자들은 결코 그 세계를 맛볼 자격도, 온전히 맛볼 수도 없다. 최고의 명창은 귀[耳] 명창이라고 했듯이 미식은 요리사의 몫이 아니라 먹는 이의 몫이다.

도색
음식

2
1
1

12시, 점심시간이 되었다. 또 무엇을 먹어야 할지 걱정이다. 물론 구내식당을 이용해도 되지만 이 시간만이라도 사무실을 벗어나고 싶으니 바깥으로 나가야 한다. "뭘 먹을까?"라고 물어보면 다들 "아무거나요" 또는 "맛있는 거…"라고 대답한다. "아무거나 맛있는 거? 그런 게 뭔데?" 환장하겠구먼. 게다가 '아무거나 먹자'는 건 곤란하다. 아니, 다 먹고 살자고 하는 건데, 아무거나 먹자니? 생각하기 싫거나 생각해봤자 별 뾰족한 수가 떠오르지 않으니 하는 말일 게다.

불과 30여 년 전만 해도 먹거리는 지금처럼 넉넉하지도 다양하지도 않았다. 다행히 급속한 경제성장에 힘입어 지금은 우리나라가 좀 사는 나라가 되었다. 그 시절에 비하면 상상할 수 없을 정도로 의식주의 풍요를 누리고 있다. 그중에서도 식(食)의 풍요는 단연 독보적이다. 그래서인지 최근 들어 음식 담론이 대세다. TV 화면에서든, 잡지에서든, 길거리에서든 먹거리가 넘쳐난다. 본래 음식은 주로 건강과 관련되어 언급되었을 뿐인데, 지금은 맛이나 모양에 그 초점이 맞추어지고 있다. 맛은 워낙 미묘하고도 개인적인 취향이라 설명하기가 어려우니 일단은 모양을 내세운다. 모양은 눈으로 보여줄 수 있으니 당장에라도 설명이 가능하기 때문이다.

그러다 보니 요즘은 음식을 맛보다 모양으로 먹는다. 모양이 좋으면 맛도 좋을 거라는 착각에 빠지기도 한다. '장맛보다 뚝배기'라는 말도 있듯이 미각이 시각으로 치환된 것이다. 하긴 시각이 모든 감각의 블랙홀이 된 지는 이미 오래다. 따지자면 맛은 입이 추구하는 가치고 멋은 눈이 추구하는 가치라고 할 수 있다. 이처럼 '보여주기'가 강조됨에 따라 음식도 점차 시각적 효과를 중시하고 이를 계기로 음식이 비주얼 중심의 연예 사업으로 변신하고 있다. 무슨 분야든 좀 뜬다 싶으면 바로 연예화시키고야 마는 매스컴의 폭식성이 놀라울 뿐이다.

　　라캉이라는 프랑스 철학자는 인간이 일생 동안 누릴 수 있는 세 가지 사치를 "먹는 것, 섹스, 죽음"이라고 했다. 먹는 것과 섹스는 이해할 만한데, 생뚱맞게도 죽음이 사치라니? 솔직히 잘 모르겠다. 그리하여 나는 세 가지 사치를 '먹는 것'과 '섹스'에 더해 '보는 것'을 꼽으련다. 이른바 시욕(視慾)은 아름다운 것, 멋있는 것, 궁금한 것 따위를 보고 싶어 하는 욕구로 '눈 맛이 좋다'라던가, 눈을 통해 보게 되는 어떤 정경이 '멋스럽다'라는 식으로 눈이라는 감각기관을 통해 맛을 느끼는 본능이라고 하겠다. 먹고 싶다는 욕구가 식욕이지만 무엇인가를 본다는 행위 또한 눈을 통해 어떤 이미지를 '먹는 것'이라고 할 수 있으니, 따지자면 눈으로도 먹기는 매한가지다. 그러니 시욕도 먹고 싶어 하는 욕구다.

　　본래 '멋'은 '맛'으로부터 나온 개념이다.• 맛은 작지만 야무진 느낌이고 멋은 큼직하고 넉넉한 느낌이다. '멋진 남자', '멋있는 장면'이라는 표현을 쓰는데, 맛과 멋은 같은 느낌의 감각에서 출발한 것이다. 그리하여 식욕, 성욕, 시욕은 모두 '맛'과 '멋'을 추구하고 모두 먹어 치우려 하는 본성이 있다. '맛있다'든가 '멋있다'든가 하는 것은 외부의 요소가 내 안으로 들어와 생리적·정서적으로 '좋은' 상태를 만들어준다는 얘기다.

국어학자 조지훈은 '멋'이 '맛'에서 전성된 단어라고 하였다.
그는 멋과 맛에 대해 밝은홀소리(양성모음)와
어두운홀소리(음성모음)의 성음 원리를 설명하는 한편,
우리 민족어에서의 미의식이란
미각적 표현(맛)을 그 바탕으로 삼고 있다고 하였다.

   보통 성욕은 공개적으로 드러낼 수 없다. 반면 시욕은 대부분 드러내도 괜찮다. 그럼 식욕은? 본래 식욕도 어느 정도는 감추는 것이었다. 누군가가 옆에 있거나 공개된 곳에서 무엇인가를 먹기는 좀 계면쩍다. 밥 먹을 때 외부 사람이 오면 아무래도 황망하지 않던가? 그런데 이 식욕이 시욕의 영향을 받아 공개 수위가 점점 높아지고 있다.

   요즘 '먹방'이 한창 주가를 올리고 있다. 알록달록한 색채와 모양, 각종 크림과 소스로 버무려진, 도저히 정체를 파악하기 힘든 벼라별 음식들이 끊임없이 등장한다. 그러나 나는 잡지나 인쇄물에 빽적지근하게 펼쳐진 음식 사진을 보면 머릿속이 하얘진다. TV에서 온갖 음식 프로그램을 만들고 먹고, 마시고, 양념 묻은 손가락을 쪽쪽 빨면서 감탄의 신음까지 내는 것을 보면 심사가 편치 않다. 나도 먹고 싶어서? 그렇다! 엄청 먹고 싶다. 그러나 혀와 이빨로 씹어가며 느껴야 할 음식을 눈으로 한방에 스캔하는 이미지로 전락시키는 상황이 그리 좋기만 한 것은 아니다. 게다가 성적 욕망까지 은근슬쩍 끼워 넣어 유혹을 해대니 내 욕망이 송두리째 탄로 난 듯해서 영 찝찝하기까지 하다. 식욕을 시욕으로 기만하고 마침내 성욕까지 끌어들이는 이 난잡한 사태를 반가워해야 하나!

   포르노는 성욕을 자극하기 위해 성적 행위를 노골적으로 묘사하는 책이나 사진, 영화나 그림 따위를 통틀어 이르는 말이다. 그렇다면 푸드 포르노는 뭘까? 혹시 껍데기가 반쯤 벗겨진 바나나나 나른하게 자빠져 있는 포도송이를 말하는 걸까? 또는 투명한 만두 껍질 속의 보일 듯 말듯 한 속

살이나 망사주머니에 들어있는 육감적인 양파? 하긴 '여러가지문제연구
소' 소장을 역임했던 김정운은 길을 걷다가 낚시 가게에 걸린 그물망을 보
고도 흥분된다고 하였으니 푸드 포르노를 그렇게 이해한다 해도 어쩔 수
없겠지만 그건 아니다.

　　포르노란 성의 상품화를 말한다. 성의 상품화란 자본주의 논리가
그렇듯이 욕구의 궁극적인 충족이 아닌 새로운 욕망의 끊임없는 창출을 말
한다. 당연한 얘기지만 상품화된 성을 통해서는 결코 성의 본질에 이르지
못한다. 그리고 여기에는 반드시 훔쳐보기, 관음증이 작동한다. 내가 현장
에서 실제로 체험하는 것이 아니라 눈으로만 그 현장을 엿보는 것이다. 즉
엿보기는 포르노의 기본조건이다. 그렇다면 맛깔스러워 보이는 음식 사진
을 찍어 TV 화면이나 SNS에 올리는 행위를 어떻게 봐야 할까? 이 사진을
보면서 어쩌란 말인가?

　　외국 어느 나라에서는 요리사의 허락 없이 사진을 찍어 어떤 매체
에 올리면 저작권법 위반으로 처벌을 받는단다. 요리를 하나의 작품으로
여겨 다른 사람이 사진을 찍어 인터넷에 올릴 경우 저작권이 침해된 것으
로 간주해 벌금을 물린다는 것이다. 이는 요리사가 만든 음식도 창작의 개
념으로 보겠다는 것인데, 극장이나 공연장에서 사진을 찍지 못하게 하는
이유와 비슷하다. 음식의 생김새마저도 저작권 보호의 대상이 되었다니
쓴웃음이 나오긴 하는데, 나는 요리의 작품성이나 저작권 보호의 측면보
다는 끊임없이 욕망을 자극하는 포르노 게임에서 벗어나고 싶을 뿐이다.

그것은 예쁘장하고 달콤하게 차려진 음식을 눈 깜박하는 동안 소비하게 함으로써 맛에 대한 감각 능력을 급격히 감소시킨다. 그것이 추구하는 찰나적인 욕망은 그런 만큼이나 지속성이 떨어진다. 더디고도 느려터진, 지루한 과정을 통해 마침내 생명과 성의 신비에 도달하듯이 음식의 미덕 또한 그래야 한다고 생각한다. 생각해 보라? 식물이나 동물의 생장기간이 얼마나 긴가? 가령 시금치나 고등어를 키우려면 시간이 얼마나 걸릴까? 그 시금치나 고등어가 식품으로 바뀌려면 또 얼마나 가공이 필요한가? 시금치나 고등어가 바야흐로 입으로 들어가는 음식이 되려면 다듬고, 벗기고, 자르고, 지지고, 굽고, 끓이고, 뿌리고, 담고 등등의 지난한 과정을 거쳐야 한다. 그뿐만이 아니다. 음식을 문화의 완결판이라고들 한다. 그 조리법이 출현하게 된 역사적·풍토적 조건에서부터 먹는 방법과 시기, 장소 등 여러 가지 사연들이 모여 특정한 음식이나 요리가 만들어진 것이다. 그런 것들이 음식의 진정한 미덕이다. 그런데 그런 것들을 모두 생략한 채 맛깔나게 꾸며진 완성품만을 눈앞에 내미는 것이 포르노가 아니면 뭐란 말인가? 과정을 생략하고 최종의 감각적인 쾌락만을 맛보게 하는 것이라면 포르노라 불려도 억울할 게 없다.

그 주변에는 셰프를 중심으로 푸드스타일리스트, 푸드코디네이터, 푸드디자이너 들이 있다. 음식과 관련하여 그들이 디자인을 어떻게 이해하든 상관할 바는 아니지만, 그것만으로 음식 문화가 웅숭깊어지거나 디자인의 스펙트럼이 넓어지는 것은 아닐 게다. 음식은 진정한 맛을, 디자인은 진정한 멋을 추구해야 한다.

　　모든 사물에는 내용과 형식이 있다. 본질과 꾸밈새 말이다. 그런데 본질에 합당할 만한 꾸밈새가 갖추어지지 못하면 그것은 촌스러워진다. 반대로 본질에 비해 외적인 꾸밈새가 지나치면 내용의 진실성을 손상시켜 추해진다. 즉 꾸밈새는 본질에 걸맞게 모자라도 안 되고 넘쳐도 안 된다. 본질과 잘 어울리는 꾸밈새가 바로 이상적인 디자인의 상태라고 할 수 있다. 디자인을 실제로 어떻게 이해하든 간에, 이에 대해서는 유명한 디자이너가 떠드는 것보다 스티브 잡스의 말이 훨씬 더 권위가 있어 보인다. 그가 포춘(Fortune)지에서 말하기를 "디자인은 인간이 만들어낸 창조물의 근본적인 영혼으로서, 제품과 서비스가 겹겹이 쌓이며 사물의 바깥으로 스스로를 표현하는 것"이라 했다. 순수한 영혼이 바깥으로 저절로 드러나도록 하는 것이 디자인이라는 얘긴데, 결국 내용과 형식의 조화를 말한다.

　　나는 너무도 찬란하고 먹음직스러운 음식 사진을 보면 '도색 잡지'가 떠오른다. 현란한 조리 기술과 칼라풀한 소스, 지글지글 익는 소리와 선정적인 콧소리를 내는 장면을 보면 '음식 야동'을 보는 것 같다. 구경꾼의 욕망을 자극하는 사진이나 영상, 시청각의 향연은 화면 앞의 별 볼 일 없는 나 같은 인간을 연신 껄떡거리게만 할 뿐 결코 맛에 다가가도록 하지는 못한다. 찰나적으로, 시각적으로 소비되는 음식, 포르노가 범람할수록 우리는 진정한 음식의 맛, 음식의 멋을 깨우치기 어렵다.

　　맛은 혀로, 멋은 눈으로 감지한다. 맛은 본질이고 멋은 꾸밈새다. 마침 푸드디자이너라는 직업이 있다. 푸드디자이너는 음식의 맛만이 아닌 먹는 행위나 체험까지 기획하는 것일 테고, 좋은 푸드디자인이란 음식의 내용과 꾸밈이 적절히 조화와 균형을 이룬 상태일 테다.

식욕이 감퇴하고 있는 이 불행한 사태가 매스컴이나 SNS를 도배하고 있는 음식 도색 문화의 영향 때문은 아닐까?

고수

하루도 거르지 않고 평생 하는 일이 먹는 일.
평생토록 하는 것이라면 누구든 전문가이자
'고수高手'가 될 수 있는 것!

선수들이여!
또 끼니때가 다가온다.
뭘 먹지…?

이 책은 올리브 100인 미식클럽(밴드)에 올렸던 글과 몇몇 다른 글을 모아 낸 것입니다.
함께 해 주신 밴드 회원들께 감사드립니다.